COBALT-SERIES

闇はあやなし

～地獄の花嫁がやってきた～

瀬川貴次

集英社

闇はあやなし

～地獄の花嫁がやってきた～

Contents

繁子《しげこ》
暁信の妻になる予定…の姫。
暁信《あきのぶ》
自力で出世するのは無理っぽい、貧乏貴族の16歳。両親が安心できるような結婚を目指している。
実唯《さねただ》
暁信の乳兄弟。責任感が強く、暁信の結婚に全面協力中。
登場人物紹介

夜魅姫《やみひめ》
銀髪の童女。
その正体は…？
多佳子《たかこ》
繁子のところにいる美人女房。
夜叉王《やしやおう》
夜魅姫の関係者!?

イラスト／三日月かける

闇はあやなし

~地獄の花嫁がやってきた~

第一章　平安京の花婿《はなむこ》

伏籠《ふせご》の粗《あら》い目の合い間から、薫香《くんこう》がほの白い煙となってたちのぼっている。籠《かご》の中に、香《こう》を焚《た》くための火取母《ひとりも》と呼ばれる器《うつわ》が置かれているのだ。

伏籠の上には、今宵《こよい》のために用意された薄色の袍《ほう》が覆《おお》いかぶせてあった。こうしておけば、やがて香りが衣装《いしょう》に移る。

この時代——平安期には、濃い色よりも薄いほうが上位とされ、身分の高い者や年上のほうが同系色でもより薄い色を用いるのが慣例だった。

薄い色の大人びた装束《しょうぞく》に、ゆかしい香り。

衣装ひとつにしても、今日という日にかける意気ごみが伝わってくる。

これから、香を焚きしめた新しい衣装に身を包み、結婚相手となる女君《おんなぎみ》のもとへ初めて通うのだ——

だがしかし、単衣《ひとえ》、いわゆる下着姿で、伏籠の前にちょこんとすわった暁信《あきのぶ》の眉間《みけん》には、一本、縦に皺《しわ》が刻まれていた。

「花婿《はなむこ》がそのような顔をなさいますな」

そう諫《いさ》めたのは、乳兄弟《ちきょうだい》の実唯《さねただ》だった。

「ああ、うん……」

言われるままに皺は消したが、心もとなげな表情までは消せていない。

あけ放たれたままの半蔀《はじとみ》（窓）のむこうには、夕闇が忍び寄っている。そろそろ燈台《とうだい》（室内用の照明器具）の油皿に火が欲しいころだ。

いつもなら、実唯が家の女房《にょうぼう》たちに明かりを催促《さいそく》するのだが、今日はそれをしない。そろそろ、結婚相手のもとへ出発していい刻限だと思っているのだろう。

暁信も、いいかげん、腹を決めなくてはならない。

年が改まって十六歳となり、元服《げんぷく》も済ませた。コネを使って、なんとか宮中に出仕《しゅっし》するようにもなった。

彼はもう立派な大人だ。結婚話が出るのも、けしておかしくはない。

それでも、めかしこんで女君のもとへ通うことを考えると、もぞりもぞりと尻のあたりがむずがゆくなってくる。

妙に気恥ずかしいのだ。

果たして、相手とうまくやっていけるかどうか。そんなことばかり、考えてしまう。

後ろ向きの思考になるのは、結婚相手とまだ一度も逢《あ》ったことがないせいだった。

やりとりは文《ふみ》を介《かい》してだけ。それも実は……ほとんど実唯が代筆してくれた。

高級紙である薄様《うすよう》に、古歌から引用した美しい言葉を散りばめて、『まだ見ぬあなたに恋をしてしまいました。ぜひともあなたにお逢いしたい』とひたすら訴える。

相手はそれに対し、『まだ逢ったこともない相手にどうして恋などできましょう。信じられませんわ』とかわし続ける。

この場合、女の言い分が正しいと暁信も思う。実際、恋などしていないわけだし。

しかし、実唯はやる気のない暁信に対し、

「これが恋の駆け引きというものなんです。確かにまだるっこしいですし、やりとりの内容はいかにも嘘くさいですが、みなさん、こうやっていろいろ探りながら結婚にまでこぎつけるわけですから」

同い年のくせに、まるで人生を知り尽くした古兵士《ふるつわもの》であるかのように言い聞かせてきた。

それとも、単に暁信が知らないだけで、実はそれなりに恋の修羅場《しゅらば》をかいくぐってきているのか……？

ふと、そんな疑いをいだき、暁信は乳兄弟《ちきょうだい》の顔を横目でうかがった。

実唯の容姿は凛々《りり》しい。眉尻《まゆじり》はすっと伸び、瞳も切れ長だ。顎《あご》の線もしっかりしている。

背丈はそれほど差はないのに、体格は実唯のほうが明らかにまさっている。やや浅黒い肌がいかにも健康的だ。

視線を感じたのか、装束のにおいを嗅《か》いで確かめていた実唯が、じろりと暁信を睨《にら》みあげた。

「どうかなさいましたか」

「いやいやいや」

視線をそらした先に鏡が置かれていた。暁信はそこに映ったおのれの顔を、しげしげと眺める。

眉《まゆ》はそれなりに濃さがあるが、目はぱっちりと大きく、唇はふっくら。色白な上に顔の輪郭《りんかく》も柔らかく、造形的な雄々《おお》しさには欠ける。

女と間違いはしないだろうが、分類すると明らかに女顔である。凜々しい実唯とは対照的だ。

時流としては、こういう優しげな風貌《ふうぼう》のほうが好まれている。

しかし、当人にしてみれば、いかにも頼りなげに見えて、どうも物足りない。実唯のような顔だったら、とないものねだりをしてしまう。

「逢った途端に、姫君ががっかり……っていうことはないのかな」

「何を言われます」

思わず弱音を洩《も》らした暁信を、実唯が鋭い声で叱《しか》った。

「むしろ、逆の場合を考え——いえ、あの」

実唯《さねただ》は香の煙にむせたふりを装《よそお》い、ごほんごほんと咳《せき》ばらいをした。

「……失礼しました。いにしえの小野小町《おののこまち》のごとき美女、とまでは聞いておりませんが、そこそこの器量よしではあるそうですから、ご心配なさいますな。先方の母君が斎院御所《さいいんごしょ》に長く仕えられた縁で、ご当人も短期間ながら御所勤めをなされたそうで。その分、深窓《しんそう》の令嬢《れいじょう》とは違い、いろいろと物慣れておりましょう。まあ、暁信《あきのぶ》さまは気張らず、先方に何もかもお任せするのが賢明かと。お年も、あちらのほうがひとつ、ふたつ上ですし」

子供のときからいっしょだった実唯は、さすがに暁信の気性を知り尽くしている。気弱な彼のために、それなりに経験のある年上の女性を選んだというわけだ。

ここにたどりつくまでにも、しくじりは何度も重ねた。

送った文は数知れず。若造風情《ふぜい》が、と無視されることも多かったし、あと少しのところでこっぴどくふられたりもした。

結婚にそれほど前向きでなかった暁信も、こうもたて続けに振られれば、へこみもする。嫌気が差す。

それでもどうにか妻探しを続けてこられたのは、ひとえに実唯が都中を駆けずり回ってくれたおかげだ。

実唯は、暁信を育ててくれた乳母《めのと》の実子である。が、その乳母はもう何年も前に、鬼籍《きせき》に入ってしまった。

亡き母の分まで、暁信の世話をしなくてはと、この乳兄弟《ちきょうだい》は律儀《りちぎ》に思い詰めているのだ。

「では、そろそろ着替えませんか。香りも充分に移りましたから」

言いながら、実唯は伏籠《ふせご》から袍《ほう》を取りあげた。

まずは垂纓《すいえい》の冠をかぶせてもらい、衵《あこめ》、下襲《したがさね》と重ね着していく。香《こう》を焚《た》きしめた袍の袖《そで》に手を通すと、かぐわしい香りが暁信の鼻をくすぐった。生地も、香を焚く火のおかげで適度に温かい。

畳紙《たとうがみ》を懐《ふところ》に忍ばせる。笏《しゃく》を手に取る。

身支度《みじたく》が整うにつれ、暁信も次第に高揚《こうよう》してきた。

この時代、三夜続けて男が女のもとへ通えば、結婚は成立。三日夜《みかよ》が明けた朝に、ふたりの関係が正式にお披露目《ひろめ》となる。

今宵《こよい》は、その三度続ける逢瀬《おうせ》の最初の晩となるのだ。

——いざ、結婚。

ぐっとこぶしを握ったと同時に、遣戸《やりど》（引き戸）が開いた。暁信の父と母が、簀子《すのこ》（板敷きの縁側）から顔を覗《のぞ》かせる。

「おお。ちょうど、支度が整ったころだったか」

父は息子の晴れ姿に目を細め、部屋に入ってきた。そのあとから、母も嬉《うれ》しそうに、いそいそと続く。

「まあ、まあ、みごとな男ぶりでございますこと」

母親に褒《ほ》められ、暁信は照れて口ごもった。

「そ、そうですか……?」

あと押しするように、父親も力強くうなずく。

「さすがはわが息子。血すじのよさがこういうときに表れるな」

と、ある意味、自画自賛めいたことまで口にする。

実際、血すじに関しては保証付きだった。暁信の祖父は、姓を賜《たまわ》り臣下にくだった皇子であったのだ。……その後は没落の一途《いっと》だったわけだが。

「何も心配ない。落ち着いていくのだぞ、暁信。男は妻《め》がらなり――妻の家柄次第で、将来が大きく変わるのだからな」

お気に入りの格言を、父は重々しく口にする。

母はそっと袖《そで》を口もとに寄せ、目を伏せた。

「ええ、本当に……。わたしの実家にもっと力がありましたならば、殿にもこのような気苦労をさせませんでしたのに」

「いや、わたしは後悔はしておらんぞ。そなたと結婚できて幸運だったと思っている。だが、このような幸運は本当に稀《まれ》だからな」

暁信の結婚に、最も期待をしているのがこの両親だといっても過言《かごん》ではない。

残念ながら、暁信は祖父に似て、宮中でのしあがっていくには覇気《はき》が足りない。歌詠《うたよ》みに長《た》けているとかいう特技もない。上におもねるのもヘタクソだ。

その点は、当人にも自覚がある。

一方、暁信の弟は幸い頭がよく、いまだ元服《げんぷく》前ではあるが、世渡りも兄よりはうまくこなしていけそうな気配。

ならば、家はその弟に任せ、兄のほうは早くいいところへ婿《むこ》入りさせてやろう。兄が実力者の娘と婚姻《こんいん》すれば、弟の将来もより明るくなるであろう。——というのが、両親の出した結論だった。

暁信も、親が心配するのもわからなくはないので、特に抵抗はしなかった。自分よりもできのいい弟に、よりよい未来を用意できるなら、それに越したことはない。

そして迎えた、今日という日。

多くの場合、結婚後、男は女の実家に入って暮らす。住まいから何から、大きく変わることになるのだ。

この先、どんな暮らしが待っているのか。わが妻となるのは、どんな女性なのか。

そんな想いが、いまさらのように強く、暁信の胸にこみあげてきた。

「父上、母上」

広い袖をさっと両脇に流して膝を折り、暁信はその場に両手をついた。

「わたしのような未熟者をここまで大事に育ててくださり、心の底より御礼申しあげます。無事、妻を得て、あちらの家に入りましたのちも、いままで以上の孝行に励《はげ》む所存にございますので、どうぞご安心くださいませ」

几帳面《きちょうめん》な口上を述べる息子に、父母は笑顔でうんうんとうなずきかける。親子のその情景を、実唯《さねただ》もすっかり保護者の顔になって見守っていた。

春の宵闇《よいやみ》の中、暁信《あきのぶ》を乗せた牛車《ぎっしゃ》が都大路《みやこおおじ》を進んでいく。

まだ梅も咲き始めたばかりで夜気は冷たい。それでも、暁信は車の物見窓《ものみまど》をあけたままにしておいた。

雑役係の仕丁《しちょう》がかざす、松明《たいまつ》の火が揺れている。

車を牽《ひ》く牛の歩みはゆったりしすぎていて、徒歩《かち》で付き従っている実唯がいらいらしているのが見て取れた。

とうとう痺《しび》れを切らして、実唯は牛飼《うしか》い童《わらわ》に文句をつけた。

「もっと早く進まないのか。これでは、先方の姫が待ちくたびれてしまわれるではないか」

その剣幕《けんまく》に、幼い牛飼い童はひっと小さい声をあげる。牛はあいかわらず、ゆったり歩いている。

「いいよ、いいよ、実唯」

暁信は笑いを嚙《か》み殺しながら、乳兄弟《ちきょうだい》を押しとどめた。普段は冷静な実唯が、婿入《むこい》りする当の本人よりも余裕《よゆう》をなくしているのがおかしかったのだ。

「今宵《こよい》は月もきれいだし。のんびりと行こうよ」

「のんびりとは……ようやく落ち着かれたようですね」

「え？　ぼくが？」

「邸《やしき》を出るまでは、まだお気持ちが定まっていないご様子でしたよ。違いましたか？」

暁信はとまどい、暑くもないのに、むしろ寒いくらいなのに笏《しゃく》を扇代《おうぎ》わりに揺らした。

「そんなふうだったかな……」

「結婚が実はおいやなのかと心配していたんですよ」

「いやじゃないよ。父上のおっしゃることはもっともだと思うし。そりゃあ、まあ、相手の顔も知らないわけだから、不安にはなるけれど」

「垣間見《かいまみ》の機会があればよかったのですが、なかなかそうもいきませんでした。その点は、わたしの力不足で……」

生真面目《きまじめ》な実唯は大仰《おおぎょう》に顔をしかめて、おのれの不手際《ふてぎわ》をくやむ。暁信のほうが、この話はまずかったかとあわててしまった。

「ええっと、姫君のお名前は――」

「繁子姫《しげこひめ》、です。そのあたりは、ゆめゆめ、お間違えなきよう」

「ああ、うん。そうだね」

別の姫と、御簾《みす》越しの対面までこぎつけたとき、暁信はうっかり相手の名前を呼び間違えてしまい、ご破算《はさん》になった苦い過去があった。あのような失敗を、また繰り返すわけにはいかない。

「とにかく、何事も最初が肝心《かんじん》です。かといって、あまり肩に力を入れすぎてもよくありません。お気を楽に。楽になさりすぎてもいけませんが。手に負えなさそうな事態になりましたら、この実唯をお呼びください。何ができるかわかりませんが、亡き母に代わり、力いっぱいお世話させていただきます」

矛盾《むじゅん》を多くはらんだ言葉に、暁信は脱力気味に微笑《ほほえ》んだ。いくらなんでも、結婚の晩に乳兄《ちきょう》弟《だい》に救いを求めるわけにはいかない。

「あ……。ああ。ありがとう。気持ちだけ、もらっておくよ」

ぎっし、ぎっし、と牛車《ぎっしゃ》の車輪が軋《きし》んでいる。春の月はおぼろにかすんでいる。

物見窓《ものみまど》から外を覗《のぞ》いていた暁信は、思っていた道すじと牛車の進行が違うことに気がついた。

「ここで曲がってしまうのかい？　まっすぐのほうが近いのに」

尋ねると、実唯がうなずいた。

「はい。このごろ、夜ともなるとこのあたりにたちの悪い荒くれ者やら物盗りの類《たぐい》がよく出没するという噂《うわさ》がありますから、念のためにさけることにいたしました」

「そうなんだ」

何もかも実唯に任せておけばまず間違いはないと、暁信は乳兄弟のことを信頼していた。彼のおっとりした性格が、この環境で助長された可能性は否《いな》めない。

遠回りしたといってもそれほど大きな影響はなく、やがて、牛車がとある邸《やしき》の前で停まった。

繁子姫の実家だ。

身分は中流と聞いたが、門構えといい、敷地の広さといい、かなりの資産持ちとひと目で知れた。父親が各地の受領《ずりょう》を歴任して資産を増やしていったらしい。一方で、母親は斎院御所《さいいんごしょ》に長く仕えているとか。上《かみ》つかたとの繋《つな》がりも、きっと深いものがあろう。

彼女の実家の口添えがあれば、世渡りベタの暁信にもやがて陽が当たってくるに違いない。そうすれば、両親も喜ぶ。乳兄弟の実唯も喜ぶ。いまは亡き乳母《めのと》も喜んでくれるはず。暁信本人とて、嬉《うれ》しくないはずがない。いままでの失敗の数々を早く払拭《ふっしょく》したくもある。この結婚は成功させなくてはならないのだ。

ふんっ、と鼻から強く息を噴き出して、自分に気合を入れ、暁信は牛車を降りた。

雲間からの月が、彼の姿を照らし出す。

垂纓《すいえい》の冠を頭上にいただき、布袴装束《ほうこしょうぞく》に身を包み、宵闇《よいやみ》にほのかな香りをふりまく美貌《びぼう》の若者。物語の貴公子もかくやのたたずまいだ。

実唯《さねただ》は満足げに目を細めているが、暁信《あきのぶ》は気づかない。頭はすでに、今宵《こよい》のあれやらこれやらでいっぱいいっぱいになっている。

「では——参りましょうか」

実唯に促され、暁信はぎくしゃくした足どりで邸の門をくぐった。

対《たい》の屋《や》に暁信ひとりが通されたが、しばらく東面の簀子《すのこ》で待たされることになった。その間、当然のことながら、暁信の心中はおだやかではなかった。

(名前はけして間違えないこと。古歌を引用して、教養のあるところを見せること。言葉に詰まったら、大胆《だいたん》に勝負に出るもあり……。その際はくれぐれも、粗野な男と思われないように注意すること)

実唯からの忠告を頭の中で繰り返し、時間をすごす。

邸は、その大きさの割りにひとは少ないのか、不思議と静かだった。が、暁信がその点に気づく前に、南面の角から衣《きぬ》ずれの音が聞こえてきた。

明かりを携《たずさ》えて、家の女房《にょうぼう》がやってきたのだ。

女房は暁信の前で立ち止まって顔を伏せ、涼しげな声で告げた。

「お待たせいたしました。姫さまのもとへ、ご案内いたします」

いよいよである。

緊張した暁信が大きく息を吸いこんだと同時に、案内役《あないやく》の女房が顔を上げる。

視線が重なったその瞬間、彼は思わず息を止めた。

月はちょうど雲に隠れて、明かりは相手が持ってきた紙燭《しそく》だけ。

そんな頼りない光でも、彼女のはっきりとした顔だちを浮かびあがらせるには充分だった。

不思議な力強さを感じさせる、印象的な瞳。通った鼻すじに、きりりと結ばれた唇。

気圧《けお》されそうな美女である。

実際の年は暁信とそうは変わるまいが、ずっと年上のような印象さえ受ける。

彼女はためらいもなく暁信をみつめていた。

家族以外の異性とは、なるべく顔を合わさないようするのが通例なのに、そのまなざしにためらいはない。

暁信も、釣りこまれたように女房をみつめ返していた。

(なんと美しい……)

美貌《びぼう》に感嘆《かんたん》すると同時に、ただ見た目が整っているだけではないと彼は感じていた。

それを表す言葉が出てこない。相手の黒い瞳の中にそれがみつかりはしまいかと、暁信は目を凝《こ》らした。

夜より黒く、深い瞳の奥底を、息を詰めて覗《のぞ》きこむ……。

数瞬ののち、暁信はハッとわれに返った。ここは男性側も目をそらすのが礼儀《れいぎ》だったと、遅ればせながら気づいたのだ。

「こ、これは失礼を……」

たじろいだ拍子《ひょうし》に、肩をガンと戸にぶつける。予想外の痛みに、暁信はその場に片膝をついた。

打った肩を押さえ、うめいている間に、女房はすっと裾《すそ》をさばいて背を向けた。暁信もあわてて立ちあがる。

並んだふたりの身長差はほんのわずかだった。暁信が低いわけではなく、相手が女人《にょにん》にしては背が高かったのだ。

「どうぞ。こちらへ」

肩越しに淡々と言い、女房は簀子《すのこ》を歩き出した。目の前をさらさらと彼女の白い裳《も》（腰の後方にまとい長く引いた衣）が、袿《うちぎ》の裾が流れていく。表に蘇芳《すおう》（赤紫）、裏に縹色《はなだ》（青）を重ねた、葡萄《えびぞめ》の袿だ。山ぶどうの実を模したその色調は、彼女の気品ある立ち姿によく似合っている。

暁信は少し遅れ、肩をさすりながら彼女のあとをついていった。

女房の手にした明かりだけでは、庭までは見えない。それでも、漂う花の香から、梅が咲いているのはわかった。

紅梅と白梅では香りも違う。ここの庭に咲くのはおそらくは紅梅だろう、と思ったと同時に、

「色こそ見えね、香《か》やはかくるる……」

暁信《あきのぶ》はなかば無意識につぶやいていた。

聞こえていただろうに、女房《にょうぼう》は振り返りもしない。

急に暁信は恥ずかしくなった。うなじが、カッと熱くなる。

(何を色男ぶって歌なんか口ずさんだんだろう。やるなら、繁子《しげこ》姫《ひめ》の前でやればいいのに……早すぎだよ)

まったくもって、そのとおりである。が、彼には女房の気をひこうとか、そういう下心は一《いっ》切《さい》なく、ふと頭の浮かんだことをそのままつぶやいただけであった。

ただし、相手のほうはそれをわかってくれたかどうか。

(『これから結婚するというのに、ほかの女の前で恰好《かっこう》なんかつけちゃって。軽い男ね』とか、思われでもしたら……。さっき、顔を覗きこんだのも、やっぱりまずかったよな。考えなしだったよな……)

悪いほうへ悪いほうへと考えてしまい、顔面もひきつれていく。

くずれた顔を笏《しゃく》で隠し、ひとりで苦悶《くもん》していると、先を行く女房がぴたりと足を止めた。

「こちらで姫さまがお待ちかねです」

平静な声でそう告げ、遣戸《やりど》をあけてから女房は一歩ひく。

暁信は頭を下げ、もたつきながら部屋の中へ足を踏み入れた。

入ってすぐの廂《ひさし》の間《ま》には、燈台《とうだい》と小さめの屏風《びょうぶ》、衝立《ついたて》が置かれ、畳《たたみ》が敷かれていた。一段高い奥の母屋《もや》とは、御簾《みす》で仕切られている。

御簾のむこうに、人影が見えた。繁子姫に間違いはあるまい。

「何事かありましたなら、すぐ、お呼びください」

女房はそう告げて、立ち去っていく。思わず、暁信は簀子《すのこ》を振り返った。

けれども、言葉は出ない。そもそも、何をどう言えばいいのか。

彼女を呼び止めても無意味だ。今宵《こよい》、ここを訪れたのは繁子姫と結婚するためなのだから。

(なんだか……変に浮き足立っているみたいだ)

暁信は左右に頭を振り、畳の上に腰をおろした。

ふわりと袖《そで》をさばいたと同時に、焚《た》きしめていた香が新たに香った。

この香は、あるじがお相手の姫君に気に入られますようにと、実唯がない知識をしぼって選び、買い求めてきたものだ。その努力を無にするわけにはいかない。

父のいつもの言葉も、脳裏《のうり》をよぎる。

――男は妻《め》がらなり。

たいていのことが身分で決まってしまうこの時代。哀しいかな、父親の言うとおりなのだ。

暁信は大きく息を吸いこむと、努めて冷静さを装《よそお》い、御簾《みす》のむこうの繁子に語りかけた。

「庭に……梅が咲いているようですね。香りでわかりました」

続けて、古歌を口ずさんでみる。

春の夜の　闇はあやなし
　梅の花　色こそ見えね　香やはかくるる

春の闇夜は、闇としての甲斐《かい》がない。暗闇に咲く梅の花の、色は見えなくとも、香りのおかげで隠れようがないから。――そういう意味である。

女人《にょにん》の気をひくためには歌の知識が必要と実唯《さねただ》に言われ、一所懸命《いっしょけんめい》に古今集《こきんしゅう》を読み、なんとか頭に入った数少ないうちの一首。さきほど簀子《すのこ》を歩いている際、ぽろりと口をついて出てきたのもこの歌の下の句だった。

さて、反応はいかに、と暁信は固唾《かたず》を呑《の》んで待った。しかし、御簾越しの人影は微動だにしない。

いやな汗が単衣《ひとえ》の下を伝い落ちていく。何か間違えたかもと思うと、身の置きどころもなく恥ずかしい。

（落ち着け、暁信）

彼は必死に自分に言い聞かせた。

（言葉に詰まったら大胆《だいたん》行動だ。いや、まだそれは早いか。だが、しかし……）

迷っている間に、沈黙がどんどん流れていく。人影はやはり動かない。

さすがに、相手の反応のなさが心配になってきた。

「あの……繁子姫？」

今度は間違えずに相手の名を呼べた。それでも、返答はない。

「そこに、いらっしゃるのですよね？」

不安にかられ、念押しをしたと同時に、燈台の火がボッと高く燃えあがった。

驚いた暁信が燈台を振り返る。御簾越しの人影もたじろいだ。

火が高くのぼったのは、ほんの一瞬だった。すぐに小指の爪ほどの小ささに戻り、燈心《とうしん》の先でゆるやかに揺らいでいる。

言い知れぬ不安にかられ、暁信は衣の胸もとをぎゅっと握りしめた。

「な、なんだったのでしょうね。いまのは」

ふいに、若い女の声が御簾のむこうから聞こえてきた。

「実は……」

「このようなことが起こるのは初めてではないのです」

ここで『ああ、やっとお声を聞かせてくださいましたね。鶯《うぐいす》の初音《はつね》うんぬん……』とでも言えばいいものを、暁信《あきのぶ》はそんな手練手管《てれんてくだ》を弄《ろう》するのも忘れて、まともに尋ねた。

「と、おっしゃいますと?」

「このところ……この邸《やしき》では奇妙なことばかりが起こるのです」

袖《そで》で口もとに寄せているのだろう、相手の声はくぐもっている。聞き取りにくいその言葉をもっとよく聞こうと、暁信は膝立ちして御簾《みす》に近づいた。

「奇妙なことですか?」

「ええ。さきほどのように、風もないのに火が高くのぼり……天井を焦がしたこともございます」

言われて頭上に目を向けると、天井に黒い煤《すす》のあとがみつかった。それもかなりの広範囲に渡っている。

「お見苦しくて申し訳ありません。一度は張り替えたのですが、また……」

「天井を焦がすほどの出火が、二度も起きたのですか?」

人影は大きくうなずいた。

「それればかりではございません。誰もいないはずの部屋から、ひととは思えぬほど甲高《かんだか》い声や、何かをばたつかせるような物音が聞こえてきたり……」

狙いすましたかのようにキーンと耳鳴りがし、暁信は反射的におのれの耳を片手で覆《おお》った。

耳鳴りはすぐにやんだが、一度、波立った気持ちは鎮《しず》まらない。繁子の話も続いている。

「夜ともなれば、邸のあちらこちらで柱が鳴ったり、屛風《びょうぶ》や衝立《ついたて》が倒れたり、扉が勝手に開いては閉じたりするのです。怪しい影が大きく伸びるのを見たと申す者まで現れて、恐ろしがって暇乞《いとまご》いをする家人《けにん》があとをたたず……」

「調伏《ちょうぶく》はなさらなかったのですか。あるいは、陰陽師《おんみょうじ》に物《もの》の怪《け》よけの祈禱《きとう》をさせたりは」

「やりました。けれども、その甲斐《かい》もいっこうになかったのです。静かになるのは一日がせいぜいで、また次の夜には不気味な音や火が――」

ぴしりと乾いた音が響き、いきなり御簾が落ちてきた。それも、中途で糸が切れ、下半分だけが落下してきたのだ。

小さな悲鳴をあげ、母屋《もや》側にすわっていた若い女が腰を浮かせる。はずみで脇息《きょうそく》（肘掛け）が、ばたんと横に転がった。

障壁物がとりはらわれ、目の前にやっと姿を現した結婚相手に、暁信は目を見張った。

（このひとが繁子姫――）

身にまとうのは紅梅色の濃淡を重ねた、紅梅匂《こうばいのにおい》の小袿《こうちぎ》。

すごい美人とはいわない。けれども、小柄な、愛らしいひとだ。

年上の物慣れた女性と聞いて、思い描いていた像とは、いい意味で違っていた。おびえている様子が、さらにまた、守ってやりたい気持ちをかきたてる。

「ご心配なさいますな。ただの偶然……」

暁信の言葉に重なって、みしみし、きしきし、と不気味な音が起こった。

どこから聞こえてくるのかと見回せば、御簾《みす》の残った上半分が揺れている。床板からも不気味な震動が伝わってくる。

「じ、地震?」

そうではなかった。

突然、邸を大きな衝撃が襲い、暁信はよろめいた。何か大きなものが、壁にぶち当たり、半蔀《はじとみ》を突き破ったのだ。

「な、何事——!」

振り返った彼の視界には、およそ想像もしていなかった光景が広がっていた。

見たこともない生き物が、打ち破った窓から顔を突っこんでいたのである。

大きさは成牛くらい。灰色の、滑らかだか硬そうな表皮には、産毛《うぶげ》程度しか生えていない。牛のような角《つの》はない。大きな頭に小さな耳、三日月《みかづき》を伏せたような目。象ほどではないが鼻先が長く垂れていて、屏風絵《びょうぶえ》に描かれた獏《ばく》によく似ている。

怪しい獣は暁信と繁子をみつめて、にっと笑った。確かに笑ったのである。

暁信も相当驚いたが、繁子は耐えがたいほどの恐怖をおぼえたのだろう。ああと小さく声をあげると、畳《たたみ》の上にぱたりと倒れ伏してしまった。

「し、繁子姫」

あわてて抱き起こすと、繁子は完全に気を失っていた。長い黒髪が袿《うちぎ》の上に流れ落ちるさまは風情《ふぜい》があったが、その雅《みやび》さを愛《め》でるような状況ではない。

怪しい獣が、おおんとひと声、鳴いた。

半蔀の下方の格子《こうし》を足で掻《か》き、大きな身体《からだ》を無理無理に通そうとしている。柱はきしきしと悲鳴をあげ、焼け焦げのある天井からはホコリが舞い落ちてくる。

静かだった邸はにわかに騒がしくなってきた。家人《けにん》たちが異変に気づいたのだろう、ひとびとの騒ぐ声がする。だが、対《たい》の屋《や》には暁信たちのほかに誰もいないのか、声そのものは遠い。

「お、おのれ、物の怪《もののけ》」

意識のない繁子を背後にかばい、暁信はキッと獣を睨《にら》みつけた。

「姫君には指一本、ふれさせんぞ」

威勢よく啖呵《たんか》はきったものの、声も身体も震えている。

結婚の場に、武器など持ちこんではいない。まったくのカラ手で、いったいどうやってこの化け物に立ち向かえというのか。

「さね――」

乳兄弟《ちきょうだい》の名を呼ぼうとしたが、それより先に、バキッとひときわ大きな音が響いて、格子がくずおれた。

怪しい獣がその巨体を部屋の中にねじこむ。

顔ばかりでなく全体像があらわになる。そして初めてわかったこと、獣は牛でも貘《ばく》でもなかった。

その生き物には、ずんぐりとした短い脚が全部で六本あったのだ。

さらに、常より多いその足もとから、小さな人影がわらわらと侵入してきた。

人影はどれも、身《み》の丈《たけ》三尺《じゃく》にも満たない。装《よそお》いはさまざまで、単衣《ひとえ》に緋袴《ひばかま》、あるいは烏帽子《えぼし》に水干《すいかん》、または筒袖《つつそで》の簡易な小袖《こそで》といった装束《しょうぞく》に身を包んでいる。

顔だちにいたっては、個性的の範疇《はんちゅう》ではとどまらないものがあった。

背中に小さな翼を持ち、とんびのようにくちばしが尖ったモノ。カエルのような平べったい面相のモノ。目のまわり以外は黒い剛毛にびっしり覆《おお》われたモノ。

あきらかにヒトではない。

物《もの》の怪《け》。あやかし。化生《けしょう》のモノどもだ。

異類異形《いるいいぎょう》のモノたちは、きゃっきゃ、きゃっきゃと陽気に笑いつつ、辻《つじ》で舞い踊る田楽法師《でんがくほうし》たちのように、細っこい手足をひらめかせている。

暁信《あきのぶ》にしてみれば、とても笑って見物などできはしない。

京の闇を、しばしば百鬼《ひゃっき》が夜行《やぎょう》すると噂《うわさ》には聞いていたが……まのあたりにするのは初めてだった。それも往来にとどまらず、個人の邸宅に侵入してくるとは。

しかし、なにより彼が肝《きも》を抜かれたのは、貘もどきの背中に乗った童女だった。

年は七つ、八つくらいだろうか。童女らしく、白梅襲《はくばいがさね》（表が白、裏は蘇芳《すおう》）の細長《ほそなが》（袿《うちぎ》の上に重ねる女性用の装束。若年層がよく着る。腋《わき》があき、身幅が狭く、裾が長い）を身にまとっている。

整った容貌《ようぼう》につんととりすました表情を浮かべ、獏もどきの背からあたりを見下ろす。肩につく程度に削《そ》いだ髪は、驚いたことに月光のごとき銀白色だ。

「おや……。間違いなく、ここと思うたのに」

小首を傾《かし》げて、童女はつぶやいた。声そのものは愛らしいのに、口調は妙に大人びている。

彼女はその目を、ふと暁信に止めた。

「これ、そこの者」

暁信はよろよろと人差し指で自分の顎《あご》を指した。不思議な童女は、大きくうなずく。

「そう、そなたじゃ。このあたりで……を、見なかっ――」

獏もどきの足もとで小さな物の怪がきゃっきゃっと騒いでいる。その声のおかげで、肝心《かんじん》の部分が聞き取れない。

童女もうるさいと感じたのだろう。眼下を睨みつけると、片手をひと振りし、鋭い声で叱責《しっせき》した。

「黙《だま》りゃ」

彼女に叱《しか》られ、物の怪たちはぴたりと静まった。それぞれが神妙な顔になり、うなだれる。

貘《ばく》もどきだけが、にやにやと笑っている。

「ようやく静かになった」

童女は暁信に視線を戻すと、改めてさきほどの質問を繰り返そうとした。

「このあたりで——」

邪魔が入ってきたのは、そのときだった。

簀子《すのこ》からあわただしく足音が響いてきた。

実唯《さねただ》か、と暁信は思ったが、違った。物《もの》の怪《け》で満ちた部屋に駆けこんできたのは、彼をここまで案内してくれた、あの女房《にょうぼう》だった。なぜか、手に榊《さかき》の枝を一本、携《たずさ》えている。

銀髪の童女が、貘もどきが、無数の物の怪たちが、いっせいに女房を振り返る。

かなり異様な光景だったはずだ。しかし、女房はひるまなかった。

「出たか、物の怪」

そう言い放つと、彼女は手にした榊を大きく振った。

榊は一度、水にくぐらせていたかのように濡れていた。振られた拍子に、たくさんの水滴があたりに散らばる。

その水滴を身に受けた物の怪たちは、ひゃあと悲鳴をあげた。

貘もどきの顔から笑みが消えた。物の怪たちは涙目になり、ひゃあひゃあとわめきながら、あちらこちらへと逃げ惑う。

榊《さかき》は神事に用いる神聖な木。どうやら、その木に宿った露にもそれなりの魔よけの力があるらしい。

このようなふるまいを他人から受けたことがなかったのだろう、銀髪の童女はたちまち激しい憤怒《ふんぬ》をその顔に浮かべた。

「なんじゃ、おぬしは。わらわを閻魔大王《えんまだいおう》が娘、夜魅姫《やみひめ》と知っての所業か⁉」

童女の問いに、女房はたったひと言で答えた。

「知らぬ」

おまえなど、と前置きがあったかのような、冷ややかな言いようだった。

おおっと、物の怪《もののけ》たちがどよめく。獏《ばく》もどきまでが、たじろいだように足踏みをし、なぜか暁信《あきのぶ》もつられて感嘆《かんたん》の声をあげた。

あまたの物の怪を前にして、一歩もひかぬ、その大胆《だいたん》さ。

こんな女性とは、暁信のこれまでの人生でただの一度も出逢《であ》ったことはなかった。

妻となるひとを探していた間も、相手はみな、御簾《みす》や衝立《ついたて》の後ろに隠れ、檜扇《ひおうぎ》の陰から盗み見てくるだけ。ろくに言葉もくれず、心は当然、ひた隠しのまま。

（なのに、このひとは……）

暁信は感動すら覚えたが、銀髪の童女――夜魅姫はひたすら怒りに駆られたらしく、ぎりぎりと歯を噛《か》み鳴らした。

「なんと、なんと生意気な」

両のこぶしを握りしめて大声で怒鳴った、そのときだった。

彼女の身に、信じがたいような変化が生じたのは。

愛らしいその顔が――たちまち、髑髏《どくろ》に変じたのである。

子供らしい、ふくふくとした輪郭《りんかく》は、そのまま黒い影となった。その影の中に、青白い骸骨《がいこつ》の顔がくっきりと浮かびあがる。

ふたつの眼窩《がんか》は冥《くら》き空洞《うろ》となり、嚙みしめられた歯列《しれつ》の合い間にも、闇がたゆたう。

袖先《そでさき》から覗《のぞ》く手も同様に変化した。輪郭を黒く残した中に、白い骨の形が浮き出たのだ。五組の指節骨《しせつこつ》は言うに及ばず、掌《たなごころ》の内に収まっている中手骨《ちゅうしゅこつ》、手首に近い手根骨《しゅこんこつ》まで、のちの世の解剖図《かいぼうず》並みに細かく。

子供の骸骨が、闇を血肉としてまとっている――そうとしか見えなかった。

六本足の獏もどきの背に乗り、小さな物の怪たちの一群を率《ひき》いているのだ。当然、人間ではなかったのだろう。

そうとわかってはいても、銀髪という一点を除けば本当に愛らしい美少女だっただけに、その変身ぶりは圧倒的だった。暁信は驚愕《きょうがく》のあまり棒立ちになり、気丈な女房もさすがに息を吞《の》む。

骨と化した夜魅姫はくわっと大きく口をあけると、語気も鋭く、獏もどきに命じた。

「力丸《りきまる》、あの女を踏み潰《つぶ》しておしまい」

獏《ばく》もどきは長い鼻を振りあげ、おおんと鳴いた。承知、とでも答えるかのように。

短い前足が極限まで上がる。その下を、女房《にょうぼう》は身をかがめて走り抜けた。

長く引いた袴《はかま》の裾《すそ》を、獏もどきの力丸が踏みつける。しかし、彼女は振り返りざま、すぐに踏まれた袴の、膝から下を破り捨てた。

白いふくらはぎが、片方だけだがあらわになる。

暁信は反射的に、おおっと声をあげ、赤面した。まわりにいた小さな物《もの》の怪《け》たちも、似たような声をあげ、細い指で顔を覆《おお》う。単衣《ひとえ》と緋袴《ひばかま》を着た、長髪で大口の物《もの》の怪《け》は女なのだろう、げらげらと笑っている。

女房はひるまず、榊《さかき》の枝を手に、力丸の顔に打ってかかった。

力丸は大きな身体《からだ》を右へ左へとそらし、かわしていく。そのたびに、対《たい》の屋《や》全体が激しく揺れる。

小さな物の怪たちはこの震動の影響をもろにかぶり、倒れ、転がり、壁に頭をぶつける。

繁子はこれだけ周囲が騒がしくとも、いっこうに目覚める気配がない。

暁信は手出しのしようがなく、ただ、力丸と女房の闘いを見守っている。

巨体の割りに、力丸の動きは俊敏だ。夜魅姫もそんな力丸を、鞍《くら》も手綱《たづな》もないのに危なげなく乗りこなしている。

貘もどきの動きに合わせ、細長《ほそなが》の、文字どおり細長い裾《すそ》がたなびき、躍る。天《あま》の羽衣《はごろも》さながらに、といいたいところだが、それを身に着けているのは、銀髪と骨と闇とで形作られた童女なのだ。

ついには、長い鼻を振るって、力丸が女房の手から榊を叩き落とした。

打たれた手を押さえ、女房は顔をしかめる。夜魅姫は歯をむき、勝ち誇ったように笑った。

「さあ、いいかげんにおとなしくせよ。手向かいせねば、命までは獲《と》るまいぞ」

しかし、彼女は聞く耳などもたなかった。倒れていた屏風《びょうぶ》の端をつかむと、それを勢いよく振り回したのだ。

屏風のかどは力丸の顔面を直撃した。灰色の獣は苦痛の声をあげ、その場に短い足を折る。はずみで、ついに夜魅姫がその背中から滑り落ちた。暁信の、ちょうど目の前に。

彼はとっさに両手を前に伸ばしていた。相手が、どういった容姿をしていたかも忘れて。

腕の中に、夜魅姫の小さな身体が、ばさりと落ちてくる。

しっかりと受け止めた直後、あたりまえのことだが、暁信の眼前には闇をまとった髑髏《どくろ》の顔があった。そこで相手を放り投げなかったのは褒《ほ》めてもいいだろう。

間近で見たふたつの眼窩《がんか》の奥を、小さな鼻腔《びこう》を、歯列《しれつ》の隙間《すきま》を、満たしているのはまったき闇。血肉は一片たりともない。

しかし、骨にまとわりついた闇の輪郭《りんかく》は、子供らしい丸みを帯びていた。抱きとめた感触も、産毛《うぶげ》に覆《おお》われた雛鳥《ひなどり》のように柔らかい。

「おお、すまぬ」

夜魅姫《やみひめ》は大人ぶった言いかたをすると、その小さな手で暁信《あきのぶ》の頬《ほお》をぺちぺちとなでた。

ふっくらとした手だった。温かくはないが、特別、冷たくもない。死臭《ししゅう》どころか、梅の花の香りがする。

この雅《みやび》な香りは……白梅だ。

どう対処していいか、わからず、暁信は固まっていた。小さな子供を助けたと誇るべきか、はたまた、物の怪の首領をなぜ助けたと苦悩するべきか。

目の前に転がり出てきた小さなものに対し、守らねばとくとっさに感じたゆえだったが——

夜魅姫は身を翻《ひるがえ》して床に降り立つと、女房《にょうぼう》を指差して怒鳴った。

「なんという乱暴者じゃ！　それに力丸、そなたも不甲斐《ふがい》ないぞ」

叱《しか》りながら、獏《ばく》もどきの丸い尻を蹴《け》る。たいして痛みはなかったろうが、力丸はあぉんと情けない声をあげた。

女房は肩で息をしながらも、まだ屛風を放していない。闘志は衰えていないようだ。

簀子《すのこ》のほうから、遅ればせながら複数の足音が響いてきた。

「暁信さま、暁信さま」

あるじの名を連呼する、実唯《さねただ》の声も聞こえる。

やや年配の女人《にょにん》の声も聞こえた。

「何事、何事ですか」

繁子の身を案じる、家の女房の誰かだろうか。ほかにも、幾人かの家人《けにん》たちが混じっている様子だった。

まずいと察して、物の怪たちがさらに動揺《どうよう》しだす。獏もどきも、指示をあおぐような目で夜魅姫を見る。

夜魅姫はうぬぬとくやしげにうめいた。眼窩《がんか》の上部に、あたかも眉《まゆ》をしかめたかのごとく、微《かす》かな陰影が差す。

「……いたしかたあるまい」

やっとひいてくれるのか。

ホッとしたのもつかの間、暁信の腕を、夜魅姫がぐいとつかんだ。

「来るがよい。そなたには訊きたいことがある」

そのまま、夜魅姫は力丸の背に駆けのぼろうとする。

「な、何を……」

暁信はとっさに小さな手を振りはらった。

が、次の瞬間、獏もどきの鼻に後ろ襟《えり》をつかまれ、宙空に放り投げられる。

べしゃりと腹から着地した先は、力丸の背の上だった。

「でかしたぞ、力丸《りきまる》」

夜魅姫《やみ》は大喜びで獣の背にあがる。貘《ばく》もどきも褒《ほ》められてご満悦《まんえつ》だ。

暁信は呆然《ぼうぜん》としていた。おかげで、逃げる機会を逸《いっ》した。

力丸は夜魅姫と暁信を背に乗せたまま、六本の足で床を蹴って外の簀子《すのこ》へと走り出る。小さな物《もの》の怪《け》たちが、祭りの行列のようににぎわいながら、あとから続く。

「うわぁぁ、うわあぁぁぁぁ」

揺れる貘もどきの背に両手でしがみつき、暁信はわめいた。

夜魅姫のほうは上機嫌で笑っている。騎獣の激しすぎる揺れも、彼女には何ほどのこともないらしい。

絶体絶命のこの事態に、例の女房が屏風《びょうぶ》を投げ捨てて追ってきた。

「待て」

女房の伸ばした手が、力丸の短い尾をつかんだ。

それとほぼ同時に、力丸は簀子の勾覧《こうらん》（手すり）に乗りあがり、宙に飛ぶ。

牛ほどの大きな身体《からだ》が身軽く虚空に舞いあがる。たちまち高く昇っていく。

尻尾《しっぽ》につかまった女房もろともに。

「き、きみ……！」

とんでもないことになったと、暁信は震えるばかりだ。

物の怪たちのうち、翼のあるものだけが遅れて付き従ってきた。ほかのものは、わいのわいのと騒ぎながら、庭先の闇にまぎれていく。

ようやく対《たい》の屋《や》の簀子に到達した家人《けにん》たちは、ぽかんと口をあけて頭上を翔《か》けいく珍獣を見上げていた。その中に、実唯《さねただ》もいる。

「暁信さま！」

乳兄弟《ちきょうだい》の呼びかけに暁信も応えたかったが、吹きつけてくる風が強くて大声が出せない。

六本足の獏もどきは、翼のある物の怪たちよりも速く、高く、空を往《ゆ》く。

邸《やしき》の檜皮葺《ひわだぶ》きの屋根が、たちまち小さくなっていく。獏もどきの背で、夜魅姫は誇らしげに笑っている。

「よいぞ、よいぞ、力丸！」

月は雲に隠れて、天は冥《くら》い。

連れて行かれる先は、いかなる地獄か。

だが、逃げる機会は失われた。いまさら飛び降りても、この高さからではやはり死が待つのみだろう。

暁信は振り落とされぬよう、必死で獣の背にしがみついていた。余裕《よゆう》などなかった。

彼でさえこの状態なのに、あの女房は獏もどきの短い尾を、いまだ両手でしっかりと握りしめている。

長い髪と、葡萄襲《えびぞめがさね》の袿《うちぎ》と、破れた袴《はかま》が後方に激しくたなびいている。

さすがに、表情は苦しそうだ。物の怪どもに恐れず立ち向かった彼女でも、この高さから落ちれば無事では済むまい。

しかし、貘《ばく》もどきの力丸《りきまる》は容赦《ようしゃ》せず、おのれの尾をぴしゃりとしならせた。うるさいハエでもはらうかのように。

女房《にょうぼう》の手が滑りそうになる。なんとか持ちこたえたものの、端正な顔には死への恐怖がありありと浮かぶ。

暁信もさすがに黙っていられなくなり、彼女に向けて片方の手を必死に伸ばした。

「つかまって」

彼とて、油断すればいつ落ちてもおかしくない状況だった。それでも、獣の背にまたがっている分、尾一本にすがっている女房よりはまだましだと思ったから、手を差し伸ばす。

女房は懸命《けんめい》に尾をたぐり寄せ、暁信の手をつかんだ。

からむ指。

冷たい風が針のように肌を刺す。自分の布袴装束《ほうこしょうぞく》の袖《そで》がはためいて邪魔になる。指に、力が入らない。

せっかくつかんだ手なのに、離してしまいそうになる。

(そんなこと、だめだ……)

暁信は血が出そうになるほど唇を嚙《か》みしめた。

（ここで手を離したら、だめだ。彼女が――死んでしまう！）

強くそう思った瞬間、暁信の全身がカッと熱くなった。

反射的に見開いた目に、眼下の地上がさきほどよりもくっきりと映った。

どこに木があり、どこに家かあるか、夜の闇を通していても驚くほど見渡せる。

風の抵抗も前ほどつらく感じない。風量が弱まったわけでは、けしてないのに。

恐怖心も、彼の中から消え失せた。いまなら、獏もどきの背の上で立ち上がることさえできそうだ。

いまなら。

そんな曲芸じみた真似《まね》をする代わりに、暁信は女房を片手でぐいと抱き寄せた。

その力強さに、相手は驚いて目を見張る。

異変を察したのだろう、夜魅姫《やみひめ》が振り返った。暁信はその彼女に不敵に微笑《ほほえ》みかけた。

夜魅姫の、眉《まゆ》のあたりにかかった薄闇が動く。ふたつの眼窩《がんか》も気のせいか、大きく見開かれたように見えた。

「そなた……？」

相手の言葉をみなまで聞く前に、暁信は女房を抱いて、獏もどきの背中から飛び降りていた。

風のうなりが、女房の悲鳴よりも激しく耳を圧する。

布袴装束《ほうこしょうぞく》の広い袖《そで》が、膨《ふく》らんだ指貫袴《さしぬきばかま》が、ばさばさと音をたててはためく。

まっすぐに落下しながら——暁信は女房を離さぬよう固く抱いて、半回転した。

つま先が、地表を向く。その先に、ひときわ高い樹木がそびえ立っていた。

暁信の足先が、いちばん先端の梢《こずえ》に触れた。

葉が散る。

小枝が折れる。

次の枝に、暁信のつま先が触れ、新たな葉が散っていく。

彼はそのさまを、ひとコマ、ひとコマ、はっきりと目で捉えていた。

次々と枝が折れて四散していく様子が、止め絵の連続として暁信の目に映っていたのだ。

だからこそ、急所の目に当たりそうになった破片を、彼は頭を横にそらしただけでかわすこともできた。

冠が枝に当たってはじき飛ばされた。余裕《よゆう》でそれをつかむこともできたのに、彼はそれをしなかった。

仕方がない。女房を抱いていて、その両手はふさがれていたのだから。

枝とのぶつかり合いで、落下の勢いはいくらか殺《そ》がれた。そのときを見計らって、暁信は木の幹を軽く蹴《け》った。

たちまち、ふたりの身体《からだ》は密生した枝の合い間から、何もない虚空へと飛び出す。

そこで、暁信《あきのぶ》は大きく二回、回転した。

彼らの真下では、池が澄んだ水をたたえていた。まるで地に置いた鏡のようだ。

次の瞬間、池の中心に水柱が高くあがる。はかったかのような正確さで、暁信はそこに飛びこんだのだ。

しばらくして、水面に暁信と女房《にょうぼう》が顔を出す。落下の途中で、女房は気を失っていた。水に落ちても目を醒《さ》まさない。

そのほうが、混乱して暴れられるよりはマシだった。

だが、いまの彼ならば相手が暴れていようがいまいが、何ほどのこともなかったろう。

暁信は気を失った女房をかかえていてもまったく苦にせず、片手で力強く水を掻《か》いて岸まで泳ぎついた。

飛沫《ひまつ》を散らせ、勢いよく岸に立ちあがる。その両腕に、ぐったりとのけぞっている女房をかかえて。

雲間から顔を出した月が、岸辺に立つ暁信の姿を照らし出した。

冠はなくなり、装束は濡れそぼっていたが——その姿は毅然《きぜん》として凛々《りり》しい。

百鬼夜行《ひゃっきやぎょう》を前にして、おびえるだけだった彼とは違う。別人のようだ。

顔の造作もまったく変わってはいない。なのに、印象が違う。誰が見ても、ため息をつきそうなほど美しい。

その垂れた前髪からこぼれた雫《しずく》が、月光をはじいて銀色に輝く。それさえも、暁信の美貌《びぼう》に添えられた宝玉のようだ。

もとから、彼の造型は悪くなかった。ただし同時に、優しげ、おとなしげ、悪く言えば気弱そうとも形容されていた。それがいまは——少なくとも、気弱そうとはとてもいえまい。

あれだけの高さから飛び降りて、池に落ちたからとはいえ、傷ひとつ負わずに生還できたのだから。

暁信は腕の中の女房に、伏し目がちに視線を注いだ。その胸が上下に動いていることを目で確認し、ふっと微笑《ほほえ》む。

それから、空を見上げた。夜空のどこにも、あの奇妙な獣と童女の姿は見えない。異界の彼らはいってしまった。どうやら、窮地《きゅうち》からは逃れられたらしい——

暁信は女房をかかえ直し、ゆっくりと歩き出した。

ところが、三歩もいかぬうちに、足がよろけ始める。水を吸った女房装束の重みが、腕にずしりとのしかかる。

(ま、まずい……)

踏ん張ろうとはしたのだが、努力の甲斐《かい》なく、暁信の膝ががくがくと揺れ出した。

とうとう、がくりと地に片膝をつく。急に息切れがして、女房を支えていられなくなる。

ぷはあっと息を吐くと、暁信はその場にだらしなくしゃがみこんだ。

肩で荒い息をつくその姿に、池からあがった直後の凜々《りり》しさはない。顔色は蒼白となり、全身からはいっせいに汗が噴き出ている。

まるで魔法が切れたかのような変わりようだった。

いや、比喩《ひゆ》ではなく、実際に魔法の時間が終わってしまったのだ。

天空高くから飛び降りた豪胆《ごうたん》さも、闇を遠く見渡し、葉の散るさまをコマ送りとして捉えた驚異的な視力も、幹を蹴《け》って宙で軽《かろ》やかに回転した運動能力も、すべてが一気に失われていた。

代わりに、山盛りの疲労感がどっと暁信にのしかかってきていた。

乳兄弟《ちきょうだい》が香《こう》を焚《た》きしめてくれた新調の装束《しょうぞく》は、あちこち裂けたうえに濡れそぼり、泥にまみれている。がんばってこいよと送り出してくれた親には、とても見せられない、みじめな姿だ。

一歩も動けぬ状態になった暁信の脳裏《のうり》に、今日のための仕度《したく》の光景が、走馬灯《そうまとう》のように走る。

人間、死ぬ間際に過去がよみがえってくるというが、いまがそうなのかもしれない。実際、ここでこのまま寝てしまえば、春まだ浅い寒空のもと、朝には凍死体で発見されてもおかしくはない。

（いや、それはあんまりだ）

ありったけの気力をかき集め、どうにか呼吸も整えて、暁信はのろのろと身を起こした。夜風が、彼の乱れ髪をさらに乱していく。

「ここは……どこなんだ？」

見回す彼の目に、周囲の木々や建物は闇に溶けこんだ影にしか見えない。もっとも、それが普通なのだ。ほんの少し前の彼の五感、その跳躍力のほうが異常だったといえよう。

ああいう現象が――過去にも幾度か、彼の身には起きていた。

知っていたから、暁信自身は特にあわてたりなどはしなかった。とはいえ、虚脱感は大きい。

（あの火事場の馬鹿力が、もう少し長く続いてくれたらよかったのに……）

暁信は天を仰《あお》いで大きくため息をついた。そらした喉《のど》の上を、水滴がひとつ、伝い落ちていく。

失われたものを嘆《なげ》いても仕方がない。それは暁信にもよくわかっていた。

あれはほんのときたま、それもごく短い間にしか発動しないもの。

驚異的な五感とともに、整っていた容姿をさらに引き立てていた輝きも失われた。ただし、そちらのほうは、当人にも最初から自覚がない。いくら優れた目であっても、自分自身の姿を鏡もなしに見ることはできないのだから。

もう一度、深くため息をつくと、暁信《あきのぶ》は女房《にょうぼう》を再び抱きあげようとした。

が、腕に力が入らない。意識のない相手は全体重を預けてくるし、幾重にも重ね着した装束《しょうぞく》は水をたっぷり吸っている。無理して持ちあげようとすると、よろよろと身体《からだ》がふらつく。

(少しでも軽くするために、いっそ脱がせてしまおうか……)

そう思った途端に、顔が火を噴きかねないほど赤くなった。

「だめだだめだだめだ。それはいけないいけないいけない」

息継ぎせずに一気にまくしたて、三度目のため息をつく。

腕に抱くことはあきらめ、背中におぶってなんとか立ち上がる。これなら、なんとか歩けそうだった。

「よし、行こう」

女房の濡れた袴《はかま》を後ろに引きずりながら、ずるりずるりと少しずつ進む。

少しして足を止めたのは、疲れたからではなかった。遠くのほうで自分の名を呼ぶ声が聞こえたからだ。

空耳ではなかった。暁信さま、暁信さまと、何度も連呼している。声がする方角に目を向けると、彼方《かなた》に揺れる松明《たいまつ》の火が小さく見えた。

実唯《さねただ》だ。

「ここだよ、実唯」

大声で呼びかけながら、暁信は力の限りに手を振った。

その声が聞こえたのだろう、春の闇のかなたで松明の火が大きく振り返される。実唯が息を切らして走りこんでくる。

「暁信さま、ああ、よかった。ご無事で——」

「うん。どうにかなった。例の……火事場の馬鹿力のおかげで」

その短い説明だけで、実唯はああと小さくつぶやき、うなずいた。

「あれですか」

「うん、あれ」

子供のときからそばにいた乳兄弟《ちきょうだい》だけに、暁信の身にときおり宿る不思議な五感のことを、実唯はすでに知っていたのだ。

「何はともあれ、ようございました。そちらのかたは?」

「見たところ、怪我《けが》はないみたいだ。途中で気を失ったから、気づかれてもいない……とは思うけど」

「そうですか。さ、そのかたは、わたしが運びましょう」

「うん。頼めるかな。ちょっと、その、いまは体力がなくて……」

そんな恥ずかしい告白も、実唯が相手なら気負わずにできる。

背中から女房を地面に降ろす。その際に、袿《うちぎ》の裾《すそ》が偶然乱れて、彼女のふくらはぎがあらわになった。

夜目《よめ》にもまぶしいほどの白さに、若い暁信と実唯が同時にたじろぐ。

「こ、これは……暁信さまが?」

「違う違う。隠して隠して」

そんなとき、彼女が目をさました。

月の光に目をしばたたきつつ、上半身をゆっくりと起こす。しばらくは自分が置かれている状態がわからない様子だった。

彼女を心配し、暁信が声をかけようとした。

「あ、あのぅ……」

ふっと視線を動かしたといっしょに、女房は気づいた。片方、裂いた袴《はかま》の先から、自分の膝下があらわになっているのを。

のちの世の感覚からすれば、膝下程度、見せたところでどうということもないだろう。が、下半身は長い袴で完全に覆《おお》い隠され、顔すらも極力見せてはならない、この時代である。

女房は袿《うちぎ》ですばやく足を隠した。それだけでは気が治まらなかったのか、いきなり立ちあがると、暁信の頰《ほお》に激しい平手打ちを見舞った。

派手な音が夜陰《やいん》に響く。暁信の視界に星が散る。

実唯はあっけにとられて動けない。打たれた暁信も、涙目になって頰を押さえるだけで何もできない。

松明《たいまつ》の火に照らされて、ずぶ濡れの女房は仁王立《におうだ》ちし、暁信を敵《かたき》のように睨《にら》みつけていた。

第二章　恋する予感

遠慮《えんりよ》がちに遣戸《やりど》があいた音で、暁信《あきのぶ》は目を醒《さ》ました。

首を曲げて見やると、戸口から顔だけ覗《のぞ》かせた実唯《さねただ》が「しまった」という表情を浮かべる。

「起こしてしまいましたか……」

実唯の背後から部屋に差しこむ陽光は、昼近い時刻のものだった。今日は出仕《しゅっし》しなくてもよい日だが、そういつまでも寝てはいられない。

暁信はのそのそと大袿《おおうちぎ》（大きめに仕立てた袿。布団《ふとん》として用いる）を押しのけ、身を起こした。

少し、だるい。昨夜、ずぶ濡れで繁子《しげこ》の邸《やしき》まで戻り、代わりの衣装《いしよう》を借りて着替えたのだが、風邪《かぜ》をひいたかもしれない。

「すぐに朝餉《あさげ》を持ってきますね。顔を洗う水も。少々、お待ちください」

そう言うと、実唯はあわただしく去っていった。

ひとり残った暁信は褥《しとね》の上にあぐらをかき、ぼんやりした面持《おもも》ちで枕を抱きしめる。外ではスズメがちゅんちゅんと鳴いている。

こうしていると、昨夜のすべては夢ではなかったのかと思えてくるが――もちろん、そうではないことを彼は知っている。

いろんな意味で、昨夜はとんでもない夜だった。

目覚めた女房《にょうぼう》には事情を説明し、どうにか怒りは抑えてもらった。それから、彼女を繁子の邸まで連れ帰ったのだが、邸は案《あん》の定《じょう》、大騒ぎになっていた。

繁子とは逢《あ》っていない。話ができるような状況でもなかった。着替えだけさせてもらうと、暁信たちは逃げるように邸をあとにしたのだ。

物《もの》の怪《け》の群れと遭遇《そうぐう》して、一時はさらわれかけて、それで命があって戻ってこれたのだから、よかったと思うべきかもしれない。しかし――多くの謎《なぞ》が残されたままだ。

あの百鬼夜行《ひゃっきやぎょう》はなんだったのか。

それまでに邸で起こっていた怪異と関係はあるのか。

あの骸骨《がいこつ》の少女は何を尋ねようとしていたのか……。

眉間《みけん》に皺《しわ》を寄せて考えこんでいると、実唯が水で満たされた角盥《つのだらい》を両手に捧げ持ってきた。

とりあえず、顔を洗う。水の冷たさのおかげで、頭に中にかかっていたもやが晴れていく。

朝餉を食べ終わる頃には、だるさも消えて、すっかり気力を取り戻していた。

「うん。なんだか、ようやく目がさめた気がするよ」

そう実唯に言うと、乳兄弟《ちきょうだい》はにっこりと微笑《ほほえ》んだ。

「それはようございました。ではさっそく、繁子姫宛《あ》てに後朝《きぬぎぬ》の文《ふみ》をしたためていただきましょうか」

「文を……」

途端に、暁信の表情が渋いものに変わる。

文は苦手だ。

直接、女人《にょにん》と話すのも気が張るが、文を書くのはそれとはまた違った緊張を強《し》いられる。できることならご遠慮《えんりょ》願いたい。

「いままでみたいに実唯が書いてくれれば……」

「そういうわけには参りません」

実唯は怖い顔をして睨《にら》みつけてきた。

「つたなくてもいいんです。いえ、むしろ、『急いで書きました』ふうに乱れた字でしたためるのもありかと」

言いながら、さっそく硯箱《すずりばこ》と筆を持ち出してくる。暁信はげんなりした声を出した。

「こんなに陽が高くなっているんだから、そういう小手先のわざは通じないよ。だいたい、何をどう書いたらいいんだか。そもそも、昨日の夜は何事もなかったんだぞ。いや、もちろん、いろんなことがあるにはあったけれど、男女のことはこれっぽっちも……。なのに、恋人づらして文を出せっていうのか?」

「では、文は出さず、今宵《こよい》は出向かず、この結婚自体を流してしまいますか?」

問われて、暁信は口ごもった。実唯は素《そ》っ気《け》ない口調で続ける。

「あるいは、そのほうがいいかもしれませんね。最初の夜に百鬼夜行《ひゃっきやぎょう》が乗りこんでくるなど、あまりにも不吉……。それに、あちらには面倒なかたもいるようですし」

どきん、と暁信の心臓が高鳴った。

「ええっと、あの女房《にょうぼう》のことかな?」

「ああ、あの若い女房じゃありません。彼女も相当でしたけれどね。繁子姫の母上ですよ」

「母上?」

「はい。対《たい》の屋《や》の騒ぎに遅ればせながら気づき、駆けつけようとしたときに、簀子《すのこ》でばったりいっしょになったのですが……」

そういえば、邸から連れ出されかけたとき、実唯の声に混じって壮年の女のわめき声が聞こえていたなと思い出す。

「なんというか、気の強そうなおかたで。ご面相も、なかなか」

何事か心配になってきたのか、実唯の表情が微妙に揺れる。

「訊くのもなんですが……繁子姫は美人でしたか?」

「ああ。実唯が言っていたとおり、小野小町《おののこまち》とまではいかないまでも、けっこうかわいらしいかただったよ」

「それはようございました」

実唯《さねただ》は露骨にホッとしてみせた。

「何？　母上は美人じゃなかったわけかい？」

「ええ、まあ。きっと、姫君はお父上に似たのでしょう。まあ、それはいいですけれども……、やはり、物《もの》の怪《け》騒ぎのほうは気になりますね。これはやめておけとの天からの託宣《たくせん》、あちらの姫君とはご縁がなかったのだと、いっそ気持ちを切り替えます？　いまならまだ引き返せますよ」

乳兄弟《ちきょうだい》の言うとおりだった。

出火だの怪音だのと、不気味な現象がたて続けに発生する邸《やしき》。そこに乱入してきた百鬼夜行《ひゃっきやぎょう》。まともな神経の持ち主なら、そんな、物の怪に魅入《みい》られた家の女人《にょにん》と結婚しようとは思わないだろう。

暁信《あきのぶ》自身も、正直な話、結婚の意欲はかなり減退していた。

とはいえ——このままにしておけない気もする。

そう考えたとき、暁信の脳裏《のうり》に浮かんだのは可憐《かれん》な繁子姫《しげこひめ》ではなく、物の怪の群れに立ち向かっていった勇猛果敢《ゆうもうかかん》な若女房だった。

彼女はあれからどうなっただろうか。

怪我《けが》はなかったとはいえ、さすがに女房勤めがいやになったかもしれない。緊急時に大活躍しておきながら、あとになってから恐ろしさがじわじわと身にしみてくるのも、よくあることだ。暁信も、そういうところがないでもないし。

空を翔《か》ける化け物の背中から地上へむかって飛び降りるなど——よくもできたものだと、われながら思う。

それとも、あの女房なら気丈《きじょう》さを失わず、物の怪を恐れず、繁子姫のもとにいまだとどまっているだろうか。

それだけでも確かめたい……ような気がする。なぜだか。

そう思ったときにはもう、実唯の問いに対する答えが口をついて出ていた。

「いや、今宵《こよい》も行こう。あちらの様子が気にかかるし。きっと、心細い思いをなさっているだろうから——」

実唯は驚いたように切れ長の目を見開いた。その表情が気にかかって、暁信はとまどい気味に尋ねる。

「変なことを言ったかな？」

「いえいえ。あちらのことが気にかかると、ほうってはおけないと、至極《しごく》まっとうなことをおっしゃったんですよ。そうですか、そうですか。繁子姫がそれほどお気に召しましたか。かの姫のためなら、物《もの》の怪《け》も恐れるに足らずと」

　言っているはしから、実唯はニヤニヤと笑い出した。乳兄弟《ちきょうだい》が何を考えているかを悟り、暁信はさっと顔を赤らめる。

「な、なんだよ、その妙な笑いは」

「照れずとも。よいことではありませんか」

「違うからな。だいたい、顔を合わせた時間もほんのわずかで、話したことといったら邸に起こっている怪異についてで、繁子姫ご自身のことは全然……」

「姫君のことは、これからじっくり時間をかけて知っていけばよろしいのですよ。――にしても、怪異の件はやはり気になりますね」

　実唯は急に真面目《まじめ》な顔になった。

「下調べはしたつもりでしたが、そういったことがあちらの邸で頻繁《ひんぱん》に起きているとは知りませんでした」

「外聞をはばかって、ひた隠しにしていたんだろう。実唯に落ち度はないよ」

　慰められても納得はしがたいらしく、実唯の唇はへの字に曲がっている。

「繁子姫の身のまわりをもう一度、よく調べ直してみます。うまくいけば、怪異の原因も探り当てられるやもしれません」

　言い出したら、実唯はなかなかひかない。それが暁信のこととなると、なおさらだ。

この忠義心には暁信も日頃から感謝していた。……うっとうしいと思うこともしばしばだが、今回はそうは感じない。

「うん。頼むよ」

「それはともかく、今宵《こよい》もお出かけになるのでしたら、文《ふみ》はぜひ」

実唯はずいっと硯箱《すずりばこ》を前に押し出してきた。暁信は大げさに手を振り、拒《こば》もうとする。

「いや、三日夜《みかよ》とかは関係なしにして、知人として行くつもりなんで。これも何かの縁、あくまで知人として、繁子姫の相談に乗ろうかと。だから、文は……」

「ええ、ええ。知人として、文を書きましょう。とりあえず。まずはお友だちから初めて、三日夜が明けたときには晴れて夫婦として……」

「いやいやいやいや、それは早い、早すぎる」

「いえいえいえ、三日もあれば充分です」

いやいや、いえいえと、互いに言い合いながら、ふたりは延々、硯箱を相手に押しつけようとしていた。

そこへ、ふいに声がかかる。

「おや、後朝《きぬぎぬ》の文でもめているのかな?」

興味津々《しんしん》といった様子で部屋に入ってきたのは、暁信の父親だった。

実唯はさっとさがって場所をあけ、暁信も夜着《よぎ》の合わせを正してすわり直す。

「ああ、長くは邪魔をしないから。昨夜の首尾《しゅび》はどうだったかと、親心から気になってな」

そう言いながら、父親は暁信《あきのぶ》の前に腰を下ろした。

「で、どうだったかな。先方の姫君は」

「は……」

暁信は返事に困って目をそらした。

繁子姫《しげこひめ》と何もなかったとは——とても、言えない。

百鬼夜行《ひゃっきやぎょう》に遭遇《そうぐう》し、物《もの》の怪《け》の姫君に拉致《らち》されかけたとは、もっと言えない。親にいらぬ心配はかけたくないし、繁子姫が物の怪憑《つ》きだとの悪い印象を植えつけたくもない。

それに、どうやって窮地《きゅうち》を脱したかを説明するのも難しくなる。

父は知らないのだ。暁信が、いざというときに限り、ただならぬ運動能力を発揮《はっき》することを。

それを知っているのは、幼い頃からずっといっしょだった実唯《さねただ》と、いまは亡き乳母《めのと》だけだった。

いつからこうだったたか、暁信自身はよく覚えていない。本当に小さなときから、ごく稀《まれ》に五感が恐ろしいほど冴え渡り、身体《からだ》が自然に動いた。

これはこれで、便利ではあった。そのつど、窮地をしのいでこれたのは事実だから。

が、彼はおのれのこの特異体質を、正直、もてあましている。

いつもこうならばともかく、危ないときにしか出てこない火事場の馬鹿力など、本当に馬鹿っぽい、使えない、自慢にもならない、と恥じていたのだ。

子供のとき、同年代の子らと駆け足でもしようものなら、必ずビリだった。試しに太刀《たち》を手にしても、へっぴり腰でさまにならない。いつも、乳兄弟《ちきょうだい》の実唯に助けられてばかり。

そんな自分が、ほんのわずかな時間だけ、誰よりも速く強くなれるなど――悪い冗談としか思えない。

答えをためらっている息子の様子が、父の目には恥じらいの姿として映ったらしい。はっはっは、と彼は豪快に笑った。

「そうか、そうか。それはよかった、よかった」

「えっ……?」

まだ何も言っていませんが、と口にしかけた暁信の肩を、父親は扇《おうぎ》で軽く数回、叩いた。

「男は妻《め》がらなり。あと二日ある。首尾よくな、暁信」

お気に入りの名言をいつものように告げ、上機嫌で父親は立ち去っていく。

暁信は冷や汗を流し、乳兄弟を振り返った。

「どうする、実唯。父上は誤解しておられるぞ」

実唯は、しれっとした顔でうそぶく。

「ですね。けれども、あさっての朝の露顕《ところあらわし》に無事こぎつければ、誤解は誤解でなくなりますから大丈夫《だいじょうぶ》ですよ」

「いやいや、だから、そうじゃないだろ。何もなかったのに、昨夜も三日夜《みかよ》のうちに入るのか？　繁子姫だって、そこのところはどうお考えなのか――」

「ですから、それを確かめるためにも、まずは文《ふみ》を」

実唯がしつこく硯箱《すずりばこ》を差し出す。漆《うるし》が塗られたその蓋《ふた》には、暁信の困惑しきった顔が映っていた。


平安の都に、夜が再び訪れた。

文はどうにか実唯に書かせた。今宵《こよい》また、とも記しておいたので、先方もこちらが行くことは承知しているものとみなし、暁信は陽暮れとともに繁子の邸《やしき》へと出発した。

牛車《ぎっしゃ》で現地に到着して、暁信がまず驚いたのは、邸にともされた篝火《かがりび》の多さだった。

昨夜の、ひとも少なく、もの寂しげな雰囲気《ふんいき》さえ漂っていた邸とはずいぶん異なる。

門前や庭先に、そろえられるだけの篝火が置かれ、軒先《のきさき》の釣《つ》り燈籠《どうろう》にもすべて火が入って、ここだけ昼間のような明るさだ。

ひとも多かった。武装した男たちが、邸のあちらこちらに配置されている。

暁信たちが邸の前に牛車を停めると、そのうちのひとりがすぐに飛んできた。

「この邸に何用か」

高圧的に問う強面《こわもて》にもひるまず、実唯が堂々と答える。

「こちらの姫君のもとへ参りました。訪《おとな》う旨《むね》の文も、すでに届けておりましたが」

強面はいったんひっこみ、家人《けにん》に確認をとってから、暁信たちを中へと通した。

昨夜とはかなり様子の違う邸にとまどいながら、暁信が邸にあがると、さっそく、取り次ぎ役の女房《にょうぼう》が現れた。

葡萄襲《えびがさね》の女房装束《しょうぞく》をまとった、背の高い娘——間違いなく、あの彼女だ。

襲の色合いは同じだが、昨日とはまた違う衣裳だった。

袴《はかま》の裾をひき破り、大胆《だいたん》に立ち回っていたことなどなかったかのように、涼しげな顔をしている。暁信に向けるまなざしも、いたって落ち着いていた。

「ようこそ、お越しくださいました。せっかくのおいでだというのに、このように騒がしいありさまで申し訳ございません」

「いいえ。こちらのほうこそ、昨日の驚きも冷めやらぬうちの訪い、いかがなものかと思いはしたのですが、あれからどうなさっておられたかが心配で」

「優しいお心遣い、ありがとうございます。姫さまもきっとお喜びになります」

「いえ、あの……」

暁信は思いきって、心のままに言ってみた。

「繁子姫もですが、あなたのことも心配で」

女房はその印象的な目を見張った。

ひと呼吸おいてから、彼女は檜扇《ひおうぎ》で口もとを隠す。目もとしか見えないが、笑っているようだ。

「……そうは見えませんのに、意外に噂《うわさ》どおりのかたでしたのね」

「噂?」

「まだお若いのに、あちらこちらの女人《にょにん》に手当たり次第に文《ふみ》を送りつけている色好《いろごの》みだといわれておりますわよ」

「い、色好み?」

けして悪い言葉ではない。貴族の男性の場合、恋愛に長《た》けていることは美徳のひとつだ。

しかし、実際の自分とのあまりの相違に驚き、暁信《あきのぶ》は顎《あご》をがくりと落とした。

その顔がおかしかったのだろう。女房は檜扇の後ろで、短く声にして笑った。苦笑のような、失笑のような、そのどちらでもないような笑い。

「ええ。まるで物語の中の光源氏《ひかるげんじ》のようだと。いま源氏の暁信さま」

「い、いま源氏ぃ?」

いつのまにか、とんでもないふたつ名をつけられている。暁信は頭をかかえてしまった。

「そんな……どうして、そんな名を……」

「いろんなかたのもとに文《ふみ》を送っていらっしゃるのは事実なのでしょう?」

「ええ、まあ……。ですけど、ふられてばかりなんですよ。ようやく三日夜《みかよ》までこぎつけたと思ったら、昨日はあんなことになるし……」

情けなさのあまり、大きなため息が出る。女房《にょうぼう》はまだ、くすくすと笑っている。

「不思議なおかたですのね。物の怪《もののけ》の前で立ちすくんでおられただけのかたが、あれだけの高さから恐れもせずに飛び降りたかと思えば、次の日も忘れずに訪れるこまやかさをお持ちで」

昨夜のことを言われ、暁信はますます恥ずかしくなった。まるで、裸の自分をじっと観察されているような心地になる。

「不思議といえば、あなたこそ不思議ですよ」

攻撃は最大の防御とばかりに、暁信は言い返した。

「物の怪の群れにたったひとりで立ち向かっていくなんて、普通の女人《にょにん》にできることではありませんん。男にだって無理ですとも。女房として、姫君を守るのが務めとはいえ、あそこまでできるものでしょうか」

静かに彼女はつぶやいた。

「ええ。守ることが――わたしの務め」

意味ありげに女房は視線を流した。長いまつげが揺れ、凛《りん》とした中に、清潔感のあるなまめかしさが漂う。

暁信は思わず見惚《みほ》れてしまった。

結婚相手の姫君ではなく、その邸の女房に心ときめかすなど、褒《ほ》められたことではない。光《ひかる》源氏《げんじ》の君《きみ》ではないのだから。

頭ではわかっていたが、気持ちは押しとどめようがなかった。

「あなたのお名前は――」

気がついたら、そう尋ねていた。

「いま源氏の君に名前を訊かれるとは、なんて名誉《めいよ》な」

そうは思っていない口ぶりだった。

これは教えてもらえないなと、落胆《らくたん》に肩を落としたそのとき、笑いを含んだ声で彼女が言った。

「多佳子《たかこ》」

えっと小さな声を洩《も》らして、暁信は相手をみつめる。

多佳子は檜扇《ひおうぎ》を畳《たた》んで背を向けた。つやのある黒髪が、裳《も》の上に滝のように流れている。

「ご案内いたしましょう。こちらへ。昨日のお部屋はまだ直しきれてはいないので、別の手狭《てぜま》なところになりますが……」

歩き出した彼女のあとを、暁信はふらふらとついていった。

渡殿《わたどの》を渡り、かどを曲がった先の簀子《すのこ》に、円座《わろうだ》が敷かれていた。円座の前の妻戸《つまど》（両開きの戸）は開かれ、入り口に御簾《みす》がかかっている。

「ここでお待ちください。姫君にお声をかけてまいります」

そう言い置いて、多佳子は簀子《すのこ》の先へ歩き去っていった。

今宵《こよい》は空に雲もなく、丸い月が煌々《こうこう》と輝いていた。月光と増えた篝火《かがりび》のおかげで、庭もよく見渡せる。

円座《わろうだ》にすわった暁信《あきのぶ》は、築山《つきやま》のそばに枝を広げている梅の木に目をとめ、心の中でつぶやいた。

（ああ……、思ったとおり紅梅だったな）

夜空に燃えあがる篝火と紅梅の取り合わせは、なかなか風情《ふぜい》があった。それに、邸《やしき》のあちこちから感じとれる気ぜわしさは、祭りの雰囲気《ふんいき》に似ていなくもない。

なんとなく、にぎやかな心地《ここち》になってくる。

怪異の続く邸に来ているというのに妙なものだと、わがことながら暁信は面白く思った。

物の怪が怖くないわけではない。

けれども、こうして足を運んだ甲斐《かい》あって、あの女房と再び逢《あ》えた。名前まで聞くことができた。

（多佳子どの、か――）

自然と、口もとがほころぶ。

繁子姫《しげこひめ》も愛らしいひとだったが、彼女のことを思い浮かべても、こんなくすぐったい感情は湧いてこない。

昨日、出逢ったばかりだというのに、多佳子の存在が心の中でどんどん大きくなっていく。それとともに、暁信の気持ちも固まってきた。

この結婚はなしにしよう、と。

ほかの女性にひかれていながら、出世のための結婚話を進められるほど、彼は器用ではない。噂《うわさ》どおりの多情な光源氏《ひかるげんじ》なら可能だろうが、暁信には無理だ。

（繁子姫にもそうお伝えしよう。三日夜《みかよ》はならず、二日でおしまいだ。ふたりの間には何もなかったんだし、露顕《ところあらわし》もまだなら、ひとの口にものぼるまい）

最後のほうは希望的観測にすぎなかったが、繁子と結婚しないと決めると、すうっと心は軽くなった。

父や母は嘆《なげ》くだろう。ここまでの手配に苦心した実唯《さねただ》を、がっかりさせてしまうだろう。彼らのことを思うと胸は痛むが、このままの状態で前に進んではいけない気が強くするのだ――

御簾《みす》のむこうで、衣《きぬ》ずれの音が聞こえた。

暁信はハッとわれに返り、視線を庭から部屋の中へと転じた。

簀子よりも、燈台《とうだい》が置かれている中の廂《ひさし》の間《ま》のほうが明るいので、几帳《きちょう》を背にしてすわった繁子の姿がはっきりと見えた。

うつむきがちになって、彼女は細い声で言う。

「もうおいでにならないと思っておりました」

繁子もとまどっているのだろう。

昨日は、部屋の奥の母屋《もや》に繁子がいて、暁信は廂《ひさし》の間《ま》の中にまで通された。いまは廂の間に繁子がいて、暁信は簀子《すのこ》にすわらされている。

迎える者と訪《おとな》う者との距離感は、初日よりも開いてしまった。が、これは暁信にとっても望むところだ。

「あのようなことがあって、姫君もさぞ心細い思いをなさっておられるだろうと心配になりまして……。おかげんのほうは、もうよろしいのですか？」

「ええ。なんと申しましょうか……、恐ろしさのあまり気を失っていましたので、昨夜のことはよく覚えていないのです」

「むしろ、そのほうがいいかもしれませんね」

会話がそこで途切れた。

暁信は落ち着きなく、軒《のき》の釣《つ》り燈籠《どうろう》に目をやる。そんなものをみつめていても、うまい言い回しなど出てはこない。

（うまくしゃべろうと思うからいけないんだ。気まずくとも、言うべきことははっきり言わないと……）

自らにそう言い聞かせ、うん、とうなずいてから、彼は視線を繁子に戻した。

「今日は、本当に、繁子姫のご様子うかがいだけのつもりで来ました。ですから……、このまま帰ります。そして、明日は、来ないほうがいいかと思うのです」

伏し目がちになっていた繁子が、視線を上げた。問いかけるようなまなざしだった。

彼女の注視に、暁信はとまどった。いまの発言をどう思っただろうと考えただけで、声も乱れる。

「わたしたちは、まだ、その、……ほんの少し、お話をしただけ、ですし」

「そうですか」

繁子の声は淡々と響いた。

やっぱり傷つけてしまったか、と暁信は申し訳なく思う。

しかし、次に彼女が口にした言葉には、安堵《あんど》したような明るさがわずかながらにこめられていた。

「やはり、物の怪が出るような邸に婿入《むこい》りなさるのはためらわれますものね」

そう言う表情もどこかさっぱりとしている。しかし、誤解を与えてしまったかと、暁信はあわてた。

「いいえ、そういうわけではないのですが……。あ、いいえ、確かに物の怪は恐ろしいですが。繁子姫は大変すばらしいかただとも思います。良縁だとわかっています。あなたのせいではないんです。ただ、その、なんというか、こう、結婚に向けていた気持ちがいろいろあって殺《そ》がれてしまったというか……」

相手を傷つけないように、傷つけないようにと、言葉を探す。

言い訳がうまくないのは、彼自身もわかっている。が、この邸《やしき》の女房《にょうぼう》が気になって、とは、さすがに言えない。

「ですから、その」

いっそ、冠を放り投げて、頭を掻《か》きむしりたい。そんな衝動を抑えて、彼は弁を重ねる。

「信じてください。あなたがいやだとか、そういう理由ではないのです。物《もの》の怪《け》の件も関係ありません。度重《たびかさ》なる怪事に関しては、お気の毒だと思っております。結婚相手としてではなく、友人として何かできることがあればいいのですが……」

「お優しいかたですのね。暁信《あきのぶ》さまは」

繁子が微《かす》かに笑った。そこに苦さを感じ取って、暁信はおやっと思った。

「たった一度、逢《あ》っただけ。それも情を交わしたわけでもない女のために、そこまで言ってくださるなんて。……あなたが重ねて訪ねてこられたと聞いて、母は喜んでおりましたわ。物の怪が乱入するような騒ぎがあったのですもの。このまま音沙汰《おとさた》が絶えても仕方はないのに、こうして来てくださるとは、なんとお優しく誠実なかたなのでしょう、と……」

「いいえ、そんな、わ、わたしは——いま源氏《げんじ》だなどと、うわついた噂《うわさ》のある男ですよ」

自分で言っていて恥ずかしいが、おススメできないと強調するために、彼は無理にそのふたつ名を使った。

「姫にはふさわしくない男です。こんな男を結婚相手に選んではいけません。不幸になります」

「母は、そう思ってはおりません」

繁子の声が次第に硬くなっていく。表情が、肩がこわばっていくのが、御簾《みす》越しでさえ見て取れる。

彼女はもはや暁信ではなく、自分の両手のひらをみつめていた。眉《まゆ》をひそめて、憑《つ》かれたような目で。

「母はわたしを、早く誰かと結婚させたいのです。誰でもいいから、とにかく早くと」

その言葉を聞いて、暁信にも繁子の気持ちがやっとわかった。

最初から、乗り気ではなかったのだ。それならそうと、言ってくれればいいものを。

「では、あなたは？　あなたご自身はどうなのですか？」

自分が結婚を望んでいるかどうか、わかっていますか、と自覚を促すつもりで訊いてみた。

繁子がはじかれたように顔を上げる。彼女の大きな瞳は、燈台《とうだい》の火を受け、涙で潤《うる》んでいるように見えた。

「わたしは――」

言いかけた繁子の背後に、影が差した。

彼女自身の影ではなかった。ひどく大きな不安定な影だ。

繁子はそれほど動いてもいないのに、不気味な影はたちまち後ろの几帳《きちょう》を覆《おお》い尽くすほどに膨《ふく》れあがる。まるで——翼を大きく広げた、凶鳥のように。

ぎょっとして暁信が腰を浮かせた、次の瞬間。

唐突《とうとつ》に、燈台《とうだい》の火が高く燃えあがった。

あ、と驚いて、繁子が燈台のそばから身を離す。暁信はとっさに御簾《みす》を押しのけ、廂《ひさし》の間《ま》に駆けこんだ。

「繁子姫！」

おびえる彼女を救うため、暁信は繁子を抱き寄せようとした。すると、

「何をなさるのです！」

甲高《かんだか》い声をあげ、繁子は彼の胸を両手で突き飛ばした。

予想外に強い力だった。まさか彼女にこれほど強烈に拒絶されるとは思っていなかった暁信は、後ろの几帳に派手に倒れこんだ。

几帳の支柱が背中に当たる。ふわりと広がった帷《かたびら》と飾りの紐《ひも》が、身体《からだ》を包む。

その途端、彼の視界は完全なる闇に閉ざされてしまった。

燈台の火も、廂の間の天井も、繁子の姿も見えない。何もかもが真っ暗だ。

仰向《あおむ》けに倒れた暁信は、闇の中でひとり呆然《ぼうぜん》と目を見開いていた。

身体の下敷きになっているはずの几帳すら、ここにはない。

音もしない。においもしない。ただ闇ばかりが果てしなく広がっている。

なぜ、どうして――と声には出さずに問いながら、暁信はしばらく、闇の中に大の字になっていた。

ずっと、そうしていても変化は何もない。闇も晴れない。

ようやく、暁信はのろのろと身を起こした。

「繁子姫……？」

呼んでも、返事はなかった。

「大事ありませんか、姫。それとも……ここにはいらっしゃらないのですか？」

おのれの声が漆黒《しっこく》の空間に、しみこむように消えていく。こだまさえも返ってこない。

見えるのは、おのれの伸ばした手だけ。その指から先は、完全なる闇。

ここに繁子がいないこと、ここが彼女の邸ではないことは明白だった。いったい、何が起こったというのか――

（堕《お》ちたのか？　彼女の背後に現れた、あの闇の中に）

そうとしか考えられなかった。

もう一度、繁子の名を呼んでみる。やはり、答えはない。

誰もいない。本当に、自分だけなのだ。この、どことも知れぬ闇の中に。

そう実感した途端、圧倒的な恐怖が身の内からこみあげてきた。

まるで、生きながら地中に埋められたかのような絶望感。耐え切れず、暁信《あきのぶ》は悲鳴をあげると、唐突《とうとつ》に走り出した。

一度、走り出すと余計に恐怖心が増した。出口を探し、彼はひたすらに走る。繁子の名だけではなく、実唯《さねただ》の名も呼ぶ。多佳子《たかこ》の名も呼んでみた。

が、どれほど大声で叫んでも、返事などありはしない。いくら走っても、果てはない。あの不思議な五感が宿らない普通の目では、何も見えない。

何度も転び、闇に倒れた。そのつど起きあがり、走った。じっとなど、していられなかったのだ。

もはや方向すらわからない。もといた地点に戻ることも不可能だし、戻ろうという考えすら浮かばない。

とにかく走った。そして、あてもなく駆けずり回ったすえに——くたびれ果てて、暁信はその場に崩れ落ちた。

単衣《ひとえ》の下は汗だくだ。息もあがって苦しい。荒い息遣いが、ひどく大きくなって自分の耳に響く。

脱け出せない。もしかしてこのまま、この闇の中で朽《く》ちていくしかないのか。

「誰か……」

涙混じりにつぶやいたそのとき、さらり……と微《かす》かな衣《きぬ》ずれの音が聞こえた。

暁信はすぐさま、その方向へと顔を向けた。

少し離れた先に、幼い少女がひとり、立っていた。

白梅襲《はくばいがさね》の細長《ほそなが》の白が、この闇の中では際立《きわだ》って見える。その白銀の髪も。

大人の貴婦人のように檜扇《ひおうぎ》を顔に寄せ、彼女は面白がるような目で暁信を眺めている。

七つか、八つか、それくらいの年だというのに、絶世の美少女と評しても差し支えないほど端正な容貌《ようぼう》だ。

しかし、暁信はもうすでに知っていた。彼女が見た目どおりの存在ではないことを。あれは、物《もの》の怪《け》たちを従えていた、冥府《めいふ》の姫。この世ならぬモノ。

それでも、やっと自分以外の相手と遭遇《そうぐう》できた安堵《あんど》感が、暁信の身に染み渡った。

「や、夜魅姫《やみひめ》……」

夜魅は目を細め、嬉《うれ》しそうに微笑《ほほえ》んだ。

「おお、誰ぞが騒いでおると思うたら、そなたか」

長い細長をさらさらと引いて、夜魅は近づいてきた。さきほど彼が耳にしたのは、その衣ずれの音だったのだ。

間近で立ち止まり、夜魅《やみ》は興味津々《しんしん》といった目で暁信を見下ろす。脱力しきっていた彼も、その場にへたりこんだまま、相手を見上げている。

この美少女は人間ではない。そうとわかっていながら、不思議と恐れる気持ちが湧いてこなかった。

ついさっきまで、この闇の中に自分ひとりだと思っていたのだ。あのときの絶対的な恐怖を思えば、物の怪であろうとなんだろうと他の存在がいてくれたほうがいい。

「この……この闇は……」

「狭間《はざま》、とでもいうのかのう。何もないところよ。あちらこちらを渡り歩くのに、よく使う」

「何もない闇の中なのに、あなたは平気なのですか」

夜魅はくすっと笑った。

「わらわが何を恐れようか」

「何も見えないのに」

「見ずともわかる。現にこうして、そなたをみつけた。わらわにとって闇は……、そう、まさに——闇はあやなし、甲斐《がい》なし、ぞ」

「古今集《こきんしゅう》の……」

暁信が思わずつぶやくと、夜魅の表情がさらに華《はな》やいだ。

「そうじゃ。そなたもこの歌が好きか?」

「ええ、はい。春の夜の上品なまめかしさが感じられて……いい歌だと思います」

「うむ。わらわもそう思うぞ。どうやら、われらは気が合うようじゃのぉ」

どう返答していいものか迷い、暁信《あきのぶ》は微妙な笑顔をつくった。

確かに相手は美少女だ。美人に親しみをもって接してもらえるのは楽しい。

しかし、幼すぎる。

いや、それ以前に、人間でない点でかなり高い障壁を感じる。

へたに気を許すと、命をも獲《と》られかねないのではと思う。実際、昨日は、死んでもおかしくないような目にあったのだし。

「わたしがここに迷いこんだのは……あなたのせいではないのですか?」

おそるおそる訊いてみると、夜魅《やみ》は形のよい眉《まゆ》を片方だけひそめた。

「まさか。とんだ濡《ぬ》れ衣《ぎぬ》ぞ」

むっとした顔が、また愛らしい。銀色の髪も、月の光をまとっているかのようで、その並々ならぬ容貌《ようぼう》にさらなる神秘性を添えている。

だが、実体は——

ううむ、と暁信は心の中でうめいた。

思い返してみると、彼がこの闇の中に落ちたきっかけは、繁子《しげこ》に突き飛ばされたからだった。

倒れた先に、几帳《きちょう》が立っていた。あのとき、几帳は不気味な黒い影に覆《おお》いつくされようとしていた。

(やはり、あの影の中に落ちたということか……)

夜魅とは直接、関係がなさそうだ。とはいえ、繁子の周辺には、どうにも怪異が多すぎる。

「いったい、なぜ……」

「何がじゃ」

「いえ、あの……。そもそも、姫はどうして、昨夜、あの邸《やしき》に?」

夜魅の堂々とした態度に、つい丁寧《ていねい》な訊きかたになる。それを夜魅は、当然のこととして受け止めている。

閻魔大王《えんまだいおう》の娘というのは本当かもしれない。生まれながらの、冥府《めいふ》の姫君というわけだ。

「探し物をしておったのじゃ。それで、あの邸に行き着いた。けれども、そなたも知ってのとおり、とんだ邪魔が入ってみつからなんだわ。なんじゃ、あの無礼極まりない女房《にょうぼう》は」

夜魅はふっくらとした頬《ほお》をさらに膨《ふく》らませ、怒った顔をつくった。途端に子供らしさが増す。

あはっ、と暁信は力なく笑った。

「そのように愛らしい素振《そぶ》りなどされても、もとを存じておりますれば……」

「おお、そうであった」

いま気づいたといわんばかりに、ぽんと手のひらを檜扇《ひおうぎ》で打ち、心持ち顔を下げる。

銀色の削《そ》ぎ髪がゆらめいて——たちまち、夜魅《やみ》の顔が変わった。

闇をまとった髑髏《どくろ》の顔に。

檜扇を持つ手も、輪郭《りんかく》だけは子供らしくふくよかなままなのに、黒い闇と白い骨とのそれに変わっている。

不思議に、彼女のまとう闇は周囲の闇に溶けこんでいかない。他からは絶対に侵害されないものとして、彼女はそこにいる。

暁信は腰を抜かして、その場に尻餅《しりもち》をついた。わかっていても、間近でこの顔を見るのは心臓に悪い。

「や、ややや、夜魅姫！」

夜魅は小首を傾《かし》げた。

「なんじゃ？」

「ひ、姫君たるもの、家族以外の男に気安く顔を見せてはなりませんっ」

夜魅は手の中で檜扇をもてあそびながら、軽く身をよじった。

「それはそうだが……そなたになら、わらわはかまわぬぞ」

「はい？」

なにやら妙な台詞《せりふ》を聞いたような気がして、暁信は訊き返した。

夜魅は下顎《かがく》の端を心持ち上げて笑っている。恥じらっているようにすら見える。

気のせいかも、と暁信は目をすがめた。だが、けして彼の気のせいではなかった。

「昨夜のそなたの——力丸《りきまる》の背から飛び降りた大胆《だいたん》さ、あれには正直、驚いた」

「はあ」

「そのような優しげな顔をしていながら、いざというときには雄々《おお》しく変われるものなのじゃな」

「あ、いえ、あれは……」

「そう思うたときにな、こう——胸の奥が不思議と騒がしゅうなったのじゃ」

夜魅はおのれの胸の上に、そっと片手を置いた。

重ねた細長《ほそなが》と袿《うちぎ》の下では、誰の目にもわかる形で白いあばら骨が連なっているに違いない。骨の隙間《すきま》を満たしているものは、血肉ではなく闇のはず。

しかし、そのしぐさは、胸の高鳴りを押さえる少女のものだった。

「や、夜魅姫……？」

いやな予感に冷や汗を流しながら、暁信はなんとか言葉をひねり出した。

「お、おっしゃることがよくわかりませんが……」

ふっふっふっ、と夜魅は笑った。髑髏の顔でそういう含み笑いをされると、不気味さはこれまた大きく撥《は》ねあがる。

晩信《あきのぶ》の心臓までもが異様に騒ぎ出した。夜魅《やみ》とは、きっと違った意味で。

「そのような他人行儀《ぎょうぎ》な物言いはせずとも。そなたになら、わらわをヤミーと呼ぶを許そう」

「ヤ、ヤミー、ですか」

「そうじゃ」

逆らったら何をされるか、わからない。とりあえず、ここは相手に合わせ、早いところ脱出しようと、晩信は腹をくくった。

「では、ヤミー……。とにかく、ここから出していただけると助かるのですが……」

「わかった。ついてまいれ」

ヤミーがあいているほうの手を差し出した。

黒い輪郭《りんかく》の中に、白く浮かんだ指節骨《しせっこつ》、中手骨《ちゅうしゅこつ》、手根骨《しゅこんこつ》。

晩信はめまいをおぼえながらも、この世のものならぬ相手の手に、仕方なく自分の手を重ねた。

ヤミーの指が、きゅっと握り返してくる。その感触は、小さな子供のものだ。

いやな気はしなかった。むしろ、その逆だ。

もうひとりではないのだと、実感をもって思えてくる。たとえ相手が物《もの》の怪《け》でも、絶対的な孤独よりははるかにましだった。

　ヤミーは暁信の手を握ると、闇の中をずかずかと歩き出した。迷いのないその足どりが、頼もしささえ感じさせる。

「この闇も……あなたにとっては何ほどのこともないのですね」

「だから言ったであろう。わらわは閻魔大王《えんまだいおう》の娘、夜魅姫なるぞ」

　その大仰《おおぎょう》なもの言いも、小さな子が一所懸命《いっしょけんめい》に背伸びをしているようでかわいらしい……ような気がしてくる。

　あれほど恐ろしく感じた周囲の闇が、いまはなぜか、気にならなくなっていた。どこをどう歩いているか、さっぱりわからないのに、不安もない。ヤミーがいれば確かに『闇はあやなし』なのだろう。

「それにしても、こんなところで出逢《であ》えるとは……。運命、というものは本当にあるのだのう」

　なにやら怪しいことを言う。

　なんと答えていいかわからず、「はあ」と暁信は言葉を濁《にご》した。ヤミーは気にせず、先を続ける。

「宿命《さだめ》とやらを感じぬか？」

「はあ……」

「はっきりせぬのう。存外に晩生《おくて》なのじゃな」

「……はあ……?」

雲行きがどんどんおかしくなってきたなと思いながらも、彼は気づかぬふりをしようと努めた。この闇から解放されるまでの辛抱《しんぼう》だと思って。

が、次の台詞《せりふ》では、そうもいかなくなる。

「わかっておるくせに……。昨日を三日夜《みかよ》の初日とするならば、今宵《こよい》で逢《あ》うのは二日目。明日の三日目の夜で、われらの結婚は成立となるのだぞ」

──すごい空耳がしたな、と暁信はぼんやり思った。

自分が耳にしたことが信じられず、だいぶ経ってから、暁信は「はい?」と裏返った声を出した。

「いま、なんと?」

「だから、われらの結婚の話じゃ」

言いながら、ヤミーは頬骨《ほおぼね》をうっすらと染めた。血の通わぬ骨に赤みが差すことなどありえないのだが、なぜかそう見えてしまったのだ。

「結婚……」

茫然自失《ぼうぜんじしつ》となるあまり、暁信はその場に立ち止まってしまった。それと同時に、ヤミーの手がするりと離れる。

「では、明日の夜、また……」

意味深《いみしん》な余韻《よいん》を響かせ、ヤミーの声が周囲に溶ける。

白銀の髪が、骨が、白梅襲《はくばいがさね》の細長《ほそなが》が、漆黒《しっこく》の中に消えていく。

暁信は暗闇の中に、ただ立ち尽くしていた。

が、それもほんのわずかな間だった。

彼を取り巻く世界が、光を——色を取り戻していく。

燈台《とうだい》の火がともった部屋を、古い衝立《ついたて》が仕切っていた。衝立の手前では、若い男が三人、円《わ》座《ろうだ》にすわって、折敷《おしき》に並べられた夜食を食している。湯漬《ゆづ》けをふるまわれたようだ。

暁信はその中のひとりの名を呼んだ。

「実唯《さねただ》……」

名前を呼ばれ、顔を上げた男は、口に含んでいた米粒を危うく噴き出しかけた。

姫君と二日目の夜を過ごしにいったはずのあるじが、突然、目の前に現れたのだ。驚かないはずがない。

あとのふたり、雑役係の仕丁《しちょう》と牛飼《うしか》い童《わらわ》も、きょとんとしている。

場所はおそらく、繁子の邸内の一室だ。主人の逢瀬《おうせ》が終わるのを、この部屋で待っていたのだろう。

「暁信さま、いつのまに……」

実唯の問いに、暁信も答えられない。いつのまにか、ここにいたのだから。

あの深い闇の中から、ヤミーが救い出してくれたことは間違いなさそうだ。その件に関しては、ありがたいと思う。だが、結婚となると——

（……結婚……）

いろいろなことがたて続けに起こって、感覚が麻痺《まひ》していた頭に、ようやく事の重大さが染みとおってきた。

女のもとに、男が三日続けて通えば結婚は成立。ヤミーの言うとおりである。

だが、しかし。

暁信《あきのぶ》はいきなりその場にすわりこむと、両膝で這《は》って乳兄弟《ちきょうだい》に詰め寄った。

床からホコリがたって、湯漬《ゆづ》けの表面にぱらぱらと落ちる。どうやら、普段はあまり使っていない部屋のようだ。

「ど、どうしよう、実唯」

「な、何がですか。何事ですか」

あるじの動揺《どうよう》が伝染したのだろう、実唯まで声を震わせている。

暁信はわっしと実唯の袖《そで》をつかんで訴えた。

「このままだと地獄の花婿《はなむこ》にされてしまう！」

急に抱きつかれた実唯は、眉間《みけん》に皺《しわ》を寄せ、首を傾《かし》げた。

「……はい？」

仕丁《しちょう》と牛飼《うしか》い童《わらわ》は顔を見合わせると、面倒事をさけるように、湯漬けの載った折敷《おしき》を持ってこそこそと部屋を出ていった。


あやめもわかぬ闇の中に、童女の明るい笑い声がこだましていく。

白銀の削《そ》ぎ髪をなびかせ、白梅襲《はくばいがさね》の長い裾《すそ》をひらめかせているのは、白い骨をすべてさらけ出した幼い女の子だ。

とても楽しいことがあった。そんな気持ちが、しぐさひとつひとつから伝わってくる。

それも当然だろう。気になる殿方《とのがた》と、こんなところで偶然に出逢《であ》えたのだ。

これはもはや運命。ふたりは結ばれる宿命《さだめ》。

そんな夢あふれる言葉が、きらきらと光り輝きながら彼女の中からあふれ出てくるのだ。はしゃぐなというほうが無理だ。

その彼女――ヤミーに、暗闇の一角から声がかかった。

「夜魅姫《やみひめ》」

若い男の、落ち着いた声だった。

ヤミーは立ち止まり、いったん檜扇《ひおうぎ》で顔を隠してから振り返る。

そのときにはもう、髑髏《どくろ》の顔はつんととりすました美少女の顔に変わっていた。扇を持つ手にも、一瞬にして白い肌と薄紅《うすべに》色の爪が宿る。

彼女を呼び止めたのは、二十歳《はたち》か、それより少し若いくらいの青年だった。

大陸風の短い袍《ほう》をまとい、腰まわりを白い帯で締めている。黒髪は結わず、背中のなかほどまで、まっすぐに伸ばしている。

長い前髪が半分ほどかかった白皙《はくせき》の面《おもて》は、整っているがゆえにどこか近寄りがたく、厳しささえうかがえた。まなざしも鋭い。

男の大半は警戒心をいだき、女の大半はおそれつつも、そっと扇のかげから彼を盗み見て、うっとりと目を細める。そういう顔だちをしていた。

しかし、ヤミーはそのどちらでもない。

「夜叉王《やしゃおう》か」

相手の名を口にする、その言いかたからして素《そ》っ気《け》なかった。

夜叉王は特に気分を害したふうも見せない。

「ひとり歩きはおやめくださいと。父上からも、そう言われてはおりませんか」

ヤミーは高く通った鼻すじをさらに高くそらしてみせた。

「わらわは誰の指図《さしず》も受けぬ。たとえ、冥府《めいふ》の王たる父上であっても、ヤミーを従わせることはあたわぬわ」

強気の発言に、夜叉王は小さくため息をついた。前髪のひとすじが、吐息にあおられて闇に躍る。

「困った姫君だ」

そうつぶやいた瞬間、ヤミーをみつめる彼の目から剣呑《けんのん》さが消えた。代わって、親しい者に向ける深い情愛が宿る。

「婚約者が心配しているのに、と聞いても、ですか?」

これほどの美丈夫《びじょうぶ》に、こんな低めの美声でささやかれて、ときめかない女性は世に少なかろう。ヤミーはその少ないほうの部類だった。

「婚約者。さあ、なんのことやら」

軽く流したうえに、言わなくてもいい言葉を付け加える。

「わらわの想いびとは別におるゆえなぁ」

言った途端、ぱあっと少女の頬《ほお》が桜色に染まった。今度は頬骨ではなく、頬が確かに染まったのだ。

夜叉王は驚愕《きょうがく》をあらわにし、後ろに軽くのけぞった。

「お、想いびとですと? 誰です、それは」

「秘密じゃ。秘密じゃ」

くすくすと笑いながら、ヤミーは檜扇《ひおうぎ》で顔の半分を隠した。扇の端から、いたずらっぽい目が覗《のぞ》いている。

「もうすでに夜を二度、ともに過ごしておる。明日の夜で三日夜《みかよ》。次の朝には露顕《ところあらわし》となろう」

秘密だといいながら、そこまで一気に明かしてしまう。黙ってはいられない気分だったのだ。結婚成立間近ともなれば、そういう気持ちにもなろう。

夜叉王はおのれが耳にしたことを疑うように目をむいた。

「み、三日夜? 露顕ですと? それがどういう意味か、わかっているのですか?」

「もちろん。三日続けて男が女のもとに通えば、晴れてふたりは夫婦《めおと》となれるのであろう? わらわはわらわが選んだ者を夫とするのじゃ。父上から押しつけられた相手ではなく、な」

誰を押しつけられたかは言わずもがなだった。

「そのようなことを——大王はお許しになりますまい」

怒りを爆発させそうになるのを必死でこらえながら、夜叉王は反論する。握りしめた彼の手の中では、爪が手のひらに食いこんでいる。

夜叉とは、鬼神、悪鬼の意味を持つ言葉だ。その夜叉の王と名乗る男が怒りに震えているというのに、ヤミーはあえて挑発するかのごとく、大胆《だいたん》に言ってのけた。

「言うたであろう。父上とて、このヤミーを従わせるはあたわぬと」

顎《あご》をそらして宣言した少女の表情には、生まれながらの姫君としての威厳《いげん》が確かに備わっていた。

第三章　嫉妬《ジエラシー》の嵐《・ストーム》

静かで安全で、暑すぎも寒すぎもしない。なぜなら、ここは何もない空間だから。

狭間《はざま》の深淵《しんえん》で、獏《ばく》もどきの力丸《りきまる》は六本の太い足を折り畳《たた》み、丸い背をさらに丸めて眠りについていた。

獏はひとの悪夢を食べる聖獣だといわれている。

力丸自身は夢を見ない。ただし、夢のようなものを垣間見《かいまみ》ることはある。

彼の見る夢は、細かく砕《くだ》いた水晶のような、きらきら光る断片となって、意識の海の奥底へ音もなく沈んでいく。

力丸はそんな光の沈殿《ちんでん》を、まどろみながら眺めているのが大好きだった——

ふと、自分以外の気配を感じて、伏せた三日月《みかづき》のような目をあけてみる。

真の暗闇の先に、夜叉王《やしやおう》が立っていた。

力丸のあるじである夜魅姫《やみひめ》と、いつか夫婦になるであろうと噂《うわさ》されている人物だ。夜魅の父の閻魔王《えんまおう》からも、一目置かれている。だからこそ、姫の婚約者とされているのだろう。

「おまえに訊きたいことがある」

夜叉王の、いつもより低い声の中に、不穏なものが感じられた。

面倒だなと力丸は思った。まどろみを邪魔されたことは、少々不快でさえあった。

しかし、相手は姫君の伴侶《はんりょ》となるかもしれない男。関係をよくしておくことに越したことはないと、獏《ばく》もどきにもわかる。

力丸は短い足を伸ばして起きあがった。

細い目をさらに細く波打たせ、お愛想で笑ってみせる。——不気味さがさらに増しただけであった。

夜叉王は眉《まゆ》ひとつ動かさない。彼にとっては、獏もどきの媚《こ》びなど、まったくもってどうでもいい。それよりも気にしているのは、

「夜魅姫さまのことだ。今宵《こよい》と昨日の夜と、姫君は誰とお逢《あ》いしていた?」

力丸は視線を真上に向けて考えこんだ。

今宵のことは知らない。だが、昨夜は、ひとの世まで姫のお供を務めた。あるものを探しに出かけたのだ。

お目当ての探し物はみつからなかったが、何人かの人間たちに出逢《であ》った。そういえば、姫君はそのうちのひとりがとても気に入った様子だった——

「心当たりがあるようだな。その者のところへ案内《あんない》せよ」

押し殺した声でそう言う夜叉王の瞳は、青白い炎を宿したかのように底光りしていた。理由はわからぬが、どす黒い感情が彼の中で渦巻《うずま》いているらしい。

これは面白そうだなと思う気持ちが、力丸に芽生《めば》えた。

まどろみを邪魔された不快感が、その新しい感情に押し流されていく。特徴的な目が、さらに波打つ。――夜叉王とは違う意味で、この獣もどす黒い。

承知したと答えたつもりで、力丸は鼻を振りあげ、あぉんとひと声、鳴いた。


「いま源氏《げんじ》ですと……」

そんなふたつ名がついていると打ち明けられるや、実唯《さねただ》は大爆笑した。

文字どおり腹をかかえ、身をふたつに折って、床を平手でばんばん叩く。振動で、古い衝立《ついたて》のふちからホコリが舞いあがった。

暁信は渋い顔をつくった。

「笑いごとじゃないんだよ……。笑いたくなる気持ちはわかるけど」

ひーひー笑いつつも、実唯はすみませんすみませんと謝った。目尻に浮いた涙をぬぐい、どうにか呼吸を落ち着ける。

「……で、繁子姫《しげこひめ》のもとへ行って、誤解をとくよう努力なさったのですよね?」

誤解をとくどころか、ニセ情報に乗って相手に嫌われるよう仕向けもした。さすがにそうとは言えず、暁信《あきのぶ》は話をごまかした。

「いや、ところが姫と話している最中に、怪しい影が現れて……」

どことも知れぬ暗黒の中に落ちたこと。そこで、昨夜の物の怪《もののけ》の少女と再会したこと。彼女に救ってもらったが、同時に、好意を持っていると打ち明けられたことまでを話した。

自分で説明していて、改めて頭がくらくらしてくる。いったい、これはなんの呪いなのかと、天に向かって嘆《なげ》きたくもなる。

「明日の夜で結婚成立だと、冥府《めいふ》の姫君がそう言うんだ。どうしよう、実唯」

「なるほど。それで、このままだと地獄の花婿《はなむこ》にされてしまうと――」

ようやく実唯は笑いを完全にひっこめ、真顔になった。

「冥府の大王の娘婿《むすめむこ》とは、またずいぶんなご出世……と言いたいところですが、暁信さまには現世でのご栄達《えいたつ》をこそ果たしていただきたいと、わたしは思います」

「そりゃそうだ。ぼくだって、そう思う」

「とりあえず、お邸《やしき》に戻りましょう。繁子姫が大変な物の怪憑《つ》きであることはよくわかりました。これ以上、こちらに関わっては、栄達どころか身の破滅となります」

「あ、いや、繁子姫が物の怪憑きだと決まったわけでは――」

繁子の名誉《めいよ》を守るため、反論しかけた暁信に、実唯は首を横に振ってみせた。

「姫の後ろに影が現れたのでしょう？　しかもただの影ではなく、異界に通じる影ですよ。それに、この邸では怪異がたて続けに起こっている。湯漬《ゆづ》けを運んできてくれた小女《こおんな》からいろいろ聞き出したのですが、小さな出火は数えられないほど起きているとの話でしたよ」

　急に燃えあがった燈台《とうだい》の火を、暁信は思い出した。ああいうのが小さな出火のもととなったのだろう。

「そうなったきっかけはあったんだろうか」

「さあ。大きな火事は以前にもあったそうです。一年ほど前に。ですが、それは火の不始末による厨《くりや》からの出火で、不運ではあるけれどもよくあることと……」

「そんなことがあったんだ」

「ええ。それで、一時期、繁子姫は知人の邸に身を寄せていたそうですよ。その後、新しく造り替えたこの邸に戻って、しばらくは何事もなかったのに、最近になって、あれやこれやと奇怪な出来事が起こり出したのだとか」

「一年前の火事か……」

　暁信はうなりながら、腕組みをした。

　誰かが狙って放火しているというのならともかく、火事がクセになるとは考えにくい。最初の火事が一年前で、怪異が始まり出したのが最近なら、間もあいていることだし、関連性は薄そうだ。

それとも、まだ見えていない繋《つな》がりがあるのか——

ヤミーが言っていた探し物というのも気になる。それをみつけ出し、ヤミーに差し出したら、彼女は婿取《むこと》りをあきらめてくれるだろうか？

（いや、かえって感激されそうだ。『さすがはわが君』とか言われて……）

あげく、がっつりと羽がいじめにされて、地獄に引きずりこまれる。そんな自分の姿が脳裏《のうり》にありありと浮かんだ。

あまりのことに、思わず身を震わせる。そんなあるじを、実唯《さねただ》は同情のまなざしでみつめる。

「とにかく、帰りましょう。寺に籠《こ》もるなり、陰陽師《おんみょうじ》に頼むなり、何か対策を練《ね》らねばなりません。こちらの姫君とはご縁がなかったと思うしかないです。ああ、それから……」

彼はごそごそと懐《ふところ》を探り、中から一枚の札《ふだ》を取り出した。

「尊勝陀羅尼《そんしょうだらに》の魔よけの札です。これをどうぞ、お持ちください」

「いいのか？　大事なものなんじゃ……」

受け取るのをためらう暁信に、実唯は首を左右に振ってみせた。

「いいえ、気休めにと持っていただけです。このところ、文《ふみ》の使い役で夜歩きが多くなったものですからね。正直、あることとさえ忘れていました。もっと早くに暁信さまにお渡ししておけばよかった」

この紙切れ一枚でどうにかなるとは思えないが、不安にさいなまれているときには特に、その一枚が重要になる場合もある。いまの暁信は、まさにそんな気分だった。

「ありがとう。じゃあ、ひとまず借りるよ」

さっそく、ふたりして部屋を出る。

すでに簀子《すのこ》に出ていた仕丁《しちょう》と牛飼《うしか》い童《わらわ》は、ちょうど湯漬けを食べ終えたところだった。彼らを急《せ》きたて、玄関へと急ぎ足で向かう。

あわただしい気配に気づき、女房《にょうぼう》の多佳子《たかこ》が出てきた。

「もう、お帰りなのですか?」

そう問う彼女に、暁信は事情を説明しようと試みた。が、それより早く、実唯が口を挟《はさ》む。

「ええ、そうです。姫君にはよろしくお伝えください。繁子姫は……お部屋におられますよね?」

多佳子は不審そうに眉《まゆ》をひそめた。

「そのはずですが。暁信さまならご存知でしょう? ごいっしょだったのですから」

問われて、暁信はうろたえた。

「え、あ、いや……」

そういえば、繁子は無事だったのだろうかと遅まきながら思う。

闇に墜《お》ちたのは自分だけだった。が、部屋に取り残された繁子はどうなっただろうか。

その疑問の答えはすぐに得られた。壁に手をつきながら、繁子がよろよろとした足どりで簀《すの》子《こ》に出てきたのだ。

「暁信《あきのぶ》さま、あの……」

見たところ、彼女に怪我《けが》などはなさそうだ。けれども、顔色がひどく悪い。

暁信を異界に突き飛ばしたのはまぎれもなく彼女だが、あれが故意ではなかったはず。きっと、繁子もうろたえていたのだろう。

「あ、わたしでしたら、大丈夫《だいじょうぶ》ですから」

彼女の不安を取り除きたくて、暁信は挙手までしてそう告げた。

ホッとしたように、繁子が胸に手を置く。

「突然……突然、いなくなられて驚きました。また、物《もの》の怪《け》にさらわれたのかと……」

彼女には、いきなり暁信が消えたように見えたのだろう。あの闇は、繁子にはなんの危害も加えなかったのだ。

「大丈夫です。本当に。ですが、もう帰ります」

「そうですか」

繁子は引き止めない。

「さ、暁信さま。参りましょう」

暁信の腕をとり、実唯《さねただ》はずかずかと簀子を歩いていく。繁子との——いや、多佳子との距離が開いていく。

結婚寸前までいった相手ではなく、女房の多佳子ばかりを見てしまう。

これでもう二度と彼女とは逢《あ》えない。そんな思いが、暁信の胸に去来していた。

本物のいま源氏《げんじ》なら、ほとぼりが冷めたころに多佳子に恋文《こいぶみ》を送り届けるぐらいはやっただろう。だが、現実の彼にはとてもそこまでする勇気がない。

多佳子にしても、自分が仕える姫君をふった男に、好意など持ちようがあるまい。

きっと、彼女の顔を見るのも、これが最後。そう思うと、なんとも形容しがたい悲壮《ひそう》感が暁信の胸にこみあげてきた。

（さようなら、さようなら、多佳子どの）

心の中で哀しくつぶやきながら、忠実な乳兄弟《ちきょうだい》になかば強引に引きずられていく。その様子を、多佳子は黙って見送っていた。


牛車《ぎっしゃ》に乗りこみ、繁子の邸《やしき》をあとにする。

暁信は憂《うれ》いに満ちた表情で黙りこんでいた。彼の長い沈黙をなんと誤解したのか、実唯は牛車の外からしきりに話しかけていた。

「いや、しかし、まだ二日目でよかったですよ。いくら資産家の娘御《むすめご》とはいえ、物の怪憑《つ》きの邸に入るのは危険すぎるというもの。次は身辺調査を怠《おこた》らぬよう努力いたしますので、どうか、お気を落としのないように」

ああ、うん、と生返事をする。それが聞こえなかったのか、実唯はさらに言葉を重ねた。

「厄落《やくお》としを兼ねて、明日は朝いちばんに寺に出向きましょう。そのまま精進潔斎《しょうじんけっさい》に入るんです。そうやって明日の夜をやりすごせば、もうひとつの案件もどうにかなりますとも。ご心配なく」

ああ、うん、と暁信はまたしても生返事をしただけだった。

地獄の花婿《はなむこ》にされてしまうとおびえたものの、いまはそれよりも、はかなく消えていった縁を惜しむ気持ちのほうがまさっていた。

繁子との縁ではない。もうひとりのほうとの縁だ。

寺に籠《こ》もれば、物の怪がらみの危機は回避できるかもしれない。しかし、多佳子《たかこ》にもう逢《あ》えない点は変わらないのだ――

(いや、これでいいんだ)

暁信は強《し》いて自分に言い聞かせた。

恋の予感にときめくより先に、彼にはやらねばならないことがある。

家のため、親兄弟のため、みずからの出世のために、財力のある家の娘と結婚しなければならないのだ。繁子との結婚がついえたからには、別の花嫁候補を急ぎ探す必要がある。

多佳子では、候補になり得ない。女房《にょうぼう》の彼女では、実家の資産に期待が持てないからだ。遊びと割り切ることもできず、結婚もできないのなら、この想い自体を切り捨てるほかはない。

――いまなら、まだ大丈夫《だいじょうぶ》。

過去を振り返ってみても、艶《つや》めいたことなどふたりの間には何ひとつない。物の怪相手の立ち回り、夜空高くの命がけの飛行に、落下の果ての平手打ちと、なかなか体験できない出来事はいろいろとあったが。

きっと時間が経てば、多佳子とのことは、害のない、楽しいだけの思い出に変わっていってくれるだろう……。

ぎしぎしと軋《きし》んでいた車輪が、ゆっくりと止まった。

もう家に着いたのかと思いながら、暁信は物見窓《ものみまど》に目から外を見やった。

牛車《ぎっしゃ》は都大路《みやこおおじ》の中途で停車していた。ここから実家までは、まだ距離がある。

「どうかしたのか？」

牛の具合でもよろしくないのだろうかといぶかしみつつ、声をかける。

実唯は答えない。厳しい目をして、まっすぐ前をみつめている。その手は、腰に佩《は》いた太刀《たち》の柄《つか》にかかっている。

暁信は腰を浮かせ、物見窓から顔を出して、乳兄弟《ちきょうだい》の視線の先を追ってみた。

広い大路の中央に、男がひとり立っていた。

大陸風の青い短袍《たんぽう》を着て、腰には白い帯を巻いている。異装というだけにとどまらず、髪を結っていない。しかも、手には抜き身の太刀《たち》を携《たずさ》えている。

長い髪の合い間から覗《のぞ》く面《おもて》には、白刃《しらは》を思わせる冷たさが宿っていた。整った造型だけに、よけい凄《すご》みがある。

夜の京では物《もの》の怪《け》のみならず、凶悪な盗賊《とうぞく》どもが跋扈《ばっこ》しているというが——とうとう、その賊と遭遇《そうぐう》してしまったかと、暁信《あきのぶ》は戦慄《せんりつ》した。

見たところ、相手はひとり。しかし、夜陰《やいん》に仲間が隠れていないとも限らない。

「実唯《さねただ》、無茶はするな」

警告に、実唯はわずかにうなずいただけだった。

牛飼《うしか》い童《わらわ》と仕丁《しちょう》はすっかりおびえ、牛車《ぎっしゃ》にぴたりと張りついている。このふたりはとても戦力になりそうにない。

怪しい男は、不思議に音楽的な声で言った。

「その牛車の中の男に用がある」

牛車の中にいるのは暁信ひとりだ。いったい誰が、どういう用件でといぶかしむ彼の耳に、男の次なる台詞《せりふ》が届いた。

「姫君をたぶらかしたのは、おまえだな」

姫と言われ、真っ先に思い浮かんだのは繁子の顔だった。

（ま、まさか……）

暁信はあわてふためいた。繁子と懇意《こんい》にしている男が、三日夜《みかよ》の儀《ぎ》がすでに二日目まで進んでいると聞いて、邪魔しに現れたかと思ったのだ。

すでに心に決めた相手がいて、なのに母親から別の男との結婚を強《し》いられているのだとしたら、繁子のあの様子も納得がいく。

が、一方で、あの可憐《かれん》な女性がこんな得体の知れない男とかかわっているとも考えにくかった。

では、いままで文《ふみ》を送った別の女性のことか。

数を打てばあたりが出るのではと、あちこちの姫君に文を送った。そのせいで、いま源氏《げんじ》などと呼ばれる羽目になった。ふられてばかりだったのに、そういう事実まではなぜか伝わっていないらしい。

そういった中の誰かだとしたら――

「どちらの姫君の話か」

暁信は牛車の前面の御簾《みす》を押しあげて尋ねた。

男は、口の片端だけを釣りあげた。酷薄《こくはく》な印象がさらに強まる。

「しらを切るつもりか。世にふたりとおらぬ夜魅姫《やみひめ》さまよ」

まさかそう来るとは予想だにしていなかった。驚いた暁信は危うく牛車《ぎっしゃ》から転げ落ちそうになり、へりにしがみつく。

「た、確かにふたりとはいないな……。いたら困る」

正直な感想だったが、相手の男はそれをヤミーに対する侮辱《ぶじょく》と受け取ったらしい。冷ややかだった表情が劇的に変わった。

「無礼者め。ひとの身で、姫を愚弄《ぐろう》するか」

鋭く一喝《いっかつ》すると、男は腰の剣を抜いた。

柄頭《つかがしら》が環状《かんじょう》になった直刀だ。環《わ》には房飾《ふさかざ》りが結び付けられている。

相手のあからさまな敵意に、牛飼《うしか》い童《わらわ》が悲鳴をあげ、仕丁《しちょう》も似たような声を発して松明《たいまつ》を放り投げた。ふたりはそのまま、あとをも見ずにその場から逃げ出していく。

実唯は違った。腰を落として前に走りつつ、腰の太刀《たち》を抜き放つ。

金属同士がぶつかり合う硬質な音が両者の間で響き、火花も散った。

次の瞬間、男はその場で大きく一回転し、後方へさがる。

まっすぐな髪が、垂らした帯の端が、ふわりと闇に浮かんでから、男の頬《ほお》に、腰に、ゆっくりとまとわりつく。

舞踏を見ているようだった。

男は実唯よりも低く腰を落として、直刀を構えた。片膝を深く曲げ、もう片方の足は真横に

長く伸ばしている。その姿勢も、舞いの型のようだ。

舞人ならば、その異装もわからなくはないが、これは余興《よきょう》の舞いなどではけしてない。彼が放つ殺気は本物だ。

実際に剣を合わせた実唯《さねただ》は、なおさら強く、それを感じたのだろう。表情にあせりが浮かぶ。かなりの使い手と見たのだ。

「ここはまかせて、お行きください」

男から視線を離さず、実唯は暁信《あきのぶ》にそう言った。が、到底、従えるものではない。

「さね――」

暁信が乳兄弟《ちきょうだい》の名を呼ぶ。と同時に、男が次の動きに出た。

低い位置から、直刀を一気に振りあげたのだ。

実唯は横に逃げて、凶刃《きょうじん》の軌跡からはずれようとした。

彼の反応を先読みしていたのか。移動された途端に男は足ばらいをかけた。実唯はぶざまに転倒する。

仰向《あおむ》けになった彼の真上に、直刀が容赦《ようしゃ》なく振りおろされる。

「実唯！」

斬《き》られる。殺されてしまう。

そう思った瞬間、どくんと、暁信の心臓がひときわ大きく脈打った。

と同時に、すべてのものが奇妙なほど鮮明に見えた。男が手にした武器の動きが、こま切れの映像として目に映ったのだ。

そして思った。まだ間に合う、と。

暁信は牛車《ぎっしゃ》から飛び降り、実唯と男の間にわが身をすばやく滑りこませた。

彼らの目には、暁信が降って湧いたように見えたに違いない。

男の端正な顔に、驚愕《きょうがく》が走る。しかし、振りおろす直刀の勢いは止まらない。

暁信は柄《つか》を握っている男の手を蹴《け》りあげた。

太刀《たち》が虚空に飛ぶ。くるくると回って、地面に落下する。それより早く、暁信は次の行動に移っていた。

懐《ふところ》から、尊勝陀羅尼《そんしようだらに》の札《ふだ》を取り出し、男の額にぴたりと押しつけたのだ。

男の目が大きく見開かれた。そのとき初めて、彼の瞳が非常に濃い青であることに、暁信は気づいた。

ひとではないのかもしれない。もしそうなら、この男が物《もの》の怪《け》の仲間なら——尊勝陀羅尼の札が魔よけとしての効力を発揮するはず。そう期待していた。

が、男は悶《もだ》え苦しむでもなく、暁信と視線を合わせて凶悪な笑みをつくってみせる。

「なんのつもりだ?」

魔よけの札が効かない。その事実に、暁信は愕然《がくぜん》とした。

物の怪の仲間だと思ったのに。ヤミーの名を出た時点でおやっと疑い、男の目の色に気づいてからは確信したつもりだったのに。

（それとも——尊勝陀羅尼《そんしょうだらに》も効かないほど強い鬼神なのか？）

男は札を引きむしると、固めたこぶしを暁信の顔面めがけて叩きつけてきた。寸前で、それをてのひらで受け止め、脇へ流す。そのままの流れで、今度は暁信が相手のみぞおちにこぶしを叩きこんだ。

手ごたえは感じた。男はみぞおちを押さえ、よろけつつ暁信から離れる。地表に落ちていた魔よけの札を、偶然だろうが、男の履《くつ》が踏みにじった。

きっと、直刀を拾いあげて、また向かってくる。暁信はそう覚悟していた。

素手であっても恐ろしくはない。いまなら、誰よりも速く動ける。どんな攻撃も、この目は見逃さない。

いまなら。いまだけは。

（だから、早く来い。早く、早く、早く……）

が、男は直刀を手にしたものの、再度、攻撃してこようとはしなかった。

身を翻《ひるがえ》し、夜陰に消える。駆け去る足音は聞こえるものの、姿はもはや目では追えない。

それは暁信の視力が通常のものに戻ったことを意味していた。

（助かった……）

超常能力が失われるとともに張り詰めていた気もゆるみ、暁信はその場にすわりこんだ。下敷きになった実唯が、ぎゃっと声をあげる。暁信はあわてて跳びのいた。

「わっ、ごめん」

「いえ、いいんです。助けていただいたんですから」

「あ、ああ、うん。だけど……また向かってこられたら危なかったよ。もう、あんなふうには動けないし」

そう言えば、実唯になら伝わる。あれは火事場の馬鹿力の類《たぐい》だと。

こんな自分がほんの短時間とはいえ、あんなふうに動けるなんて、やっぱりお笑いぐさとしか思えない。

あは、と暁信は小さく笑った。

「情けないよね」

自然と、泣き笑いのような表情になる。しかし、実唯は生真面目《きまじめ》な顔をくずさない。

「何をおっしゃいます。あのとき、暁信さまが飛び出してきてくださらなかったら、実唯はいまここにいませんでした」

実唯は先に起きあがり、片手を暁信に差し出した。

暁信はその手をつかんで立ちあがる。実際、支えなしでは立てないほど、膝が震えていた。

「大丈夫《だいじょうぶ》ですか？　とりあえず、牛車《ぎっしゃ》に乗ってください。牛がうまく扱えるか自信がありませんが……やってみます」

暁信《あきのぶ》を牛車に乗せてから、実唯《さねただ》は牛を相手になだめたりすかしたりして、なんとか動かそうと努力してみた。が、牛はびくとも動かない。

困り果てていると、牛飼《うしか》い童《わらわ》と仕丁《しちょう》がおそるおそる現場に戻ってきた。逃げ出しはしたものの、主人たちがどうなったか、やはり気がかりだったらしい。

「おまえたち！」

さっそく彼らを怒鳴りつけようとした実唯を、暁信が止めた。

「いいよ、怒らなくても。こうして戻ってきてくれただけで充分だ。さっそく、車を動かしておくれ」

「あ、ありがとうございます」

仕丁と牛飼い童は声をそろえ、平身低頭の態《てい》で礼を述べる。暁信はおざなりにうなずいてから、実唯に牛車の簾《すだれ》を下ろさせた。

とにかく早く帰って休みたい——そう思いながら、狭い車中に身を投げ出す。

身体《からだ》が異様に疲れていた。おそらく、一気に五感を使いすぎたからだろう。あの闘いが長引き、敵の前でこの状態に陥《おちい》っていたら、なすすべもなく直刀に切り刻まれていたに違いない。

（命拾いした……）

闇の底に堕《お》ちたり、刃物男に襲われたり……。結婚とは、かくも危険なものなのか。

仕丁はまだ燃えつきていなかった松明《たいまつ》を拾いあげ、牛飼い童は牛の背をなでながら何事かをささやきかける。

牛が小さく鳴いた。と同時に、牛車はゆっくりと動き出した。

それから先は何事もなく、家に帰りついた。

自宅の前で牛車を降りながら、暁信は実唯たちにあの刃物男のことは父上たちに口外しないようにと言い含めた。

余計な心配をかけたくないから——で、秘密にする理由は立派に通った。

資産家の婿《むこ》になりに行った息子が、地獄の姫にみそめられるわ、刃物を振り回す異装の男に狙われるわと知ったら、親として当然、心配するだろう。そんな思いはさせたくなかったし、第一、どうやってその危機を切り抜けたのかと訊かれても、返答に困る。

できれば、今夜は親と顔を合わせたくない。そう思って、そっと家にあがろうとすると——

父と母があわただしく奥から走り出てきた。

「まあ、もうお戻りで？」

「どうだった、どうだった、うまくいっているのか？」

早すぎる帰宅がまずかったのだろう。しきりに気を揉《も》む親たちを前に、暁信は弱々しく微笑《ほほえ》んだ。

ヤミーたちのことは秘密にするにしても……これだけは言わないわけにはいくまい。

「その件なのですが——」

自慢の丸い尻を蹴《け》られて、力丸《りきまる》はあぉんと哀しい声をあげた。

貘《ばく》もどきは静かな深淵《しんえん》の中で、まどろみの続きにひたっていた最中だった。そこへいきなり現れた夜叉王《やしゃおう》が、暴力沙汰《ざた》に及んだのだ。

夜叉王は髪を乱し、その濃紺《のうこん》の瞳で力丸を憎々しげにみつめている。

「おまえ、わざとやったのか？」

痛む尻をずりずりと地にこすりつけながら、なんのことだろう、と力丸はいぶかしむ。

「あの人間——並みの動きではなかったぞ」

言われて、力丸も思い至った。

夜魅姫《やみひめ》が気に入ったというあの若者、最初はおびえるばかりで身動きもままならなかったのに、突然、地上に飛び降りるといった暴挙に出た。普通ならそれで死んでいただろうに、無事に生還もできたらしい。

さらに、今日は今日で、武人としても名を馳《は》せている夜叉王の襲撃を、どうにか回避できたようだ。

とすると、夜魅姫が感心していたように、ああ見えて実はかなりの手練《てだれ》だったのかもしれない。たいして関心もなかったので、どうでもいいことと流していたのだが……。

「最初からそうと知っていれば、対応のしようもあったものを。おまえのせいだ。この役立たずめ」

吐き捨てるように言い、夜叉王はもう一度、力丸を蹴り飛ばした。獏もどきは再び哀しい声をあげる。

ようやく溜飲《りゅういん》が下がったのか、夜叉王は背を向けてさっさと歩き出した。

その後ろ姿を、三日月《みかづき》を伏せたような目が睨《にら》む。よっぽど、体当たりでも食らわせてやろうかと思ったが——力丸はやめた。

相手は夜叉王。閻魔大王《えんまだいおう》から一目置かれている存在だ。逆らっても益《えき》にはならない。

だが、そう自分に言い聞かせても、理不尽《りふじん》に蹴られ、罵《ののし》られた怒りはおさまらない。

垂れた鼻をぶるりと鳴らして、力丸は心に決めた。

——夜魅姫にいいつけてやろう、と。


翌日、早朝から暁信は実唯《さねただ》と寺に出向いた。

ひととおりの修法《ずほう》を施《ほどこ》してもらってから通された部屋には、金銅《こんどう》の小ぶりな仏像が置かれていた。

「ここで翌朝まで休むことなく経《きょう》を読み続ければ、魔物をどうにかやりすごせましょう。何事も信心が肝要《かんよう》でございますよ」

赤ら顔の僧侶《そうりょ》はそう請け負ったが……暁信《あきのぶ》は素直にうなずけなかった。相手の息が露骨に酒くさく、さきほどの経読みもどことなくいいかげんだったせいだ。

僧侶が退席していったあと、

「これでもう安心ですよ」

そう言う実唯にも、暁信は疑わしげなまなざしを向ける。

「本当かな……」

「御仏《みほとけ》のお力をお疑いですか?」

「そういうわけじゃないけど――」

暁信は言いよどみ、閉じた扇《おうぎ》で自分の肩を叩いた。

部屋に射しこむ陽光は明るく、鳥の声もすがすがしい。まだ朝といっていい時刻なのだ。なのに、これから翌朝まで休むことなく読経《どきょう》せよとは、かなり過酷《かこく》である。想像しただけで肩が凝《こ》ってくる。

それに、雑魚《ざこ》程度の物《もの》の怪《け》ならばともかく、昨夜の男が直刀を振り回しつつ現れたら、果たして読経程度で防げるものか、その点も大いに疑問だった。

とりあえず、仏像の前にすわってみる。そこに置かれた文机《ふづくえ》の上には、経文《きょうもん》一式がすでにとりそろえてあった。

暁信はいったん経文を手に取った。しみだらけの黄ばんだ紙からは、古紙独特のにおいがする。かえってありがたいような——そうでもないような。

「昨日の尊勝陀羅尼《そんしょうだらに》の札《ふだ》……あれはここの僧侶に書いてもらったものなのかな?」

「はい、そうですが」

「——全然、効かなかったよな」

「ええ、まあ……」

実唯も不安そうな面持《おもも》ちになる。

「し、しかし、この寺にはなかなかの腕自慢もそろっておりますし、たとえ、昨夜の男が乱入してきましょうとも——」

「乱闘になって、寺の側に死傷者なんかが出たら、見舞い金とかはどうなるのかな。あの獏《ばく》もどきのほうが現れて寺を壊したりしたら、その修繕費用なんかも請求されるのかな」

意地悪ではなく、彼は本気で心配していたのだ。訊かずとも答えは知っていたが、それでも訊かずにはいられないほどに。

「そっちにまわせる費用なんて、うちにあったっけ。繁子姫《しげこひめ》との結婚もとりやめになるのに」

この結婚はなしにしますと、昨日の夜、帰りついた時点で両親には告げた。

それはもう、さんざん嘆《なげ》かれた。理由ももちろん訊かれた。ごまかしきれなくなって困っていると、実唯《さねただ》が助け舟を出してくれた。

かの姫の周辺には凶事が多く、不吉すぎると彼が強く主張してくれたおかげで、親もどうにか了承《りょうしょう》してくれたが――

いろいろな費用をひねり出すあても、まったくなくなってしまったわけである。

たとえ、今夜、あの特異な五感が暁信の身に宿って敵を撃退できたとしても、金銭問題までは解決されない。

実唯は黙って下を向いてしまった。

暁信はため息をひとつつき、経本《きょうほん》を文机《ふづくえ》の上に戻して立ちあがった。

「やっぱり、もう一度、繁子姫のところに行こう」

「まさか、三日夜《みかよ》をやり遂《と》げられるつもりですか?」

「いや、それはない。こんな格好ではなんだし」

暁信は自分の烏帽子《えぼし》に手をやり、着ている狩衣《かりぎぬ》に視線を落とした。

ひと晩籠《こ》もることを考えて、かなり楽な恰好《かっこう》をしてきたわけだが、三日夜の最終日にこれは向かない。それに、繁子との結婚はもうないものと思い切ってある。

ただ、彼女の周辺で起こる凶事については、やはり気になる。

「どうして繁子姫のまわりであんなことが起きるのか、突き止めるべきだと思うんだよ」

「おお。破談になさったとはいえ、実は繁子姫のことが……」

「そうじゃなくて。もしかして、お邸《やしき》の怪異の因果《いんが》関係をあばくことができたら、冥府《めいふ》から物の怪の姫君が迎えに来ることも、わけのわからない刃物男が襲ってくることもなくなるかもしれないぞ。なんとなく、関係があるような気がするんだ。あの邸の出来事とヤミーとは。どうだろうか、実唯」

「その可能性は高いでしょう。けれども、嵐がすぎるまで、じっと耐えてやりすごすというのも、立派な対応策ですよ」

実唯の意見も、もっともだった。

暁信が述べたのはあくまでも希望的観測にすぎないし、第一、時間がなさすぎる。できることは限られている。その点は、当人もわかってはいた。

それでも、ただじっとすわって、効くかどうかもわからない経読みを続けるよりは、望みはあるような気がして、暁信は切々と訴えた。

やがて、しぶしぶといった様子をあからさまに示しつつ、実唯はうなずく。

「わかりました。では、わたしが行って……」

乳兄弟《ちきょうだい》の言葉を、暁信は途中でさえぎった。

「いや、いっしょに行く」

「なりません、それは」

「じっと待っているほうがたまらないんだよ。だめだと言ってもついていく。いや、断られたら、ひとりで行動する」

実唯は額に手をやり、低くうめいた。その間に、暁信《あきのぶ》はさっさと遣戸《やりど》のほうへ向かう。寺の庭先には松の木が植えられ、みごとな枝を簀子《すのこ》の勾覧《こうらん》にまで伸ばしていた。朝の冷たい空気を、樹皮と緑のすがすがしい香りを、暁信は胸いっぱいに吸いこむ。

「じゃあ、陽暮れ前には寺に戻るようにするから。坊さんたちはうまくごまかしておくれ」

「お待ちください、暁信さま」

あるじにひとりで勝手に動かれるほうが、彼にとっては迷惑だろう。振り返った暁信に向け、実唯は降参のしるしに両手を挙げてみせた。その唇は、苦いものを含んだかのように曲がっている。

「……わかりました。ともに参りましょう」

暁信は晴れやかに微笑《ほほえ》んだ。

「ありがとう、実唯。そう言ってくれると思っていたよ」

しょうがない、と弱々しげに首を振る実唯の後ろで、金銅《こんどう》の仏像はおだやかな笑みを浮かべていた。

繁子の邸《やしき》は、その寺から充分歩いて行ける距離にある。

僧侶《そうりょ》たちにみつからぬよう、こっそりと寺から抜け出した暁信と実唯は、徒歩で現場へと向かった。

平安京《へいあんきょう》の往来は、さまざまなひとびとが行きかっていた。

仕丁《しちょう》や随身《ずいしん》を何人も従えた立派な牛車《ぎっしゃ》が進んでいくかと思えば、泥にまみれた子供たちが甲《かん》高《だか》い声をあげて走り、壺装束《つぼしょうぞく》の女たちは薄い垂れ衣を揺らめかせて立ち話をしている。道の端では、キツネじみた尖った顔の野良犬がうずくまっている。

暁信は興味深げにまわりを見回していたが、実唯は陰気にぶつぶつとつぶやきながら歩いていた。

「さて、出てきたはいいものの、どうやって探りを入れましょうか……」

「あちらの邸に口の軽そうな者はいなかったか？　昨日、湯漬《ゆづ》けを運んできた小女からいろいろ聞き出したみたいなことを言っていたじゃないか」

「ああ、はい……。しかし、うまくあの女に逢《あ》えますかどうかも」

暁信は少し声を落とし、精いっぱい色男ぶって流し目をしてみせた。

「きみのことが忘れられないんだ。もう一度、逢いたい……とか言ってみせたら？」

「……楽しそうですね」

「いやいやいや。こっちも切実だから」

否定はしたものの、実は楽しい。自分自身の結婚問題について頭を悩ませるよりも、乳兄弟《ちきょうだい》の恋愛話を聞くほうが、当然、気楽だ。

「暁信《あきのぶ》さまの結婚が整うまでは、自分のことになど気が回りませんよ」

「本当かな?」

「本当ですよ。どうして嘘などつきましょう」

「そうだ……。あの葡萄襲《えびがさね》の女房《にょうぼう》どのから話を聞けないかな」

なるべくさりげなく言ったつもりだったが、暁信の視線は急に落ち着きを失った。ただし、実唯《さねただ》はすぐにはそれに気づかない。

「ああ。聞ければいいですね。姫のかなり近くにいる女房のようですし、いろいろと内情に通じておりましょう。しかし、そういう者は口も堅いですから」

「とりあえず、文でも送ってみようか。繁子姫《しげこひめ》宛《あ》てでなく、多佳子《たかこ》どのに」

「文? 多佳子どの?」

実唯は太い眉《まゆ》をぴくりと押しあげた。

「いつのまに名前を? それに、文を書くのは苦手ではありませんでしたっけ」

「も、もちろん、苦手だとも。だけども、ほら、この場合はそんなことを言ってられないし。命に関わるし。時間もないし」

言い訳を連ねるに従って、声が奇妙に裏返っていく。実唯もさすがに、これは変だと感づいた。

「おやおや。気になりますか、くだんの女房が」

「まさか。違うよ、違うよ……」

否定がどうも強すぎたようだ。実唯は確信を深め、にやにやと笑い出す。

「恥ずかしがることはありませんよ。複数の女性と付き合うのは珍しくもありませんし、そういうかたがたと文のやりとりを練習してから本番に臨《のぞ》むのもいいかもしれませんね」

「いや、練習とか、そんな」

「まさか、本気ですか?」

急に実唯の声が厳しくなった。

「それは駄目ですよ。その女房の実家がかなりの資産家だというのなら話は別ですけれど、暁信さまが結婚相手を選ぶとなると、やはりそれなりのお相手ではないと。——男は妻《め》がらなり、ですから」

大殿《おおとの》の声音《こわね》を真似《まね》たつもりだろうが、全然似ていない。それでも、暁信の気持ちに水を差す役目は充分に果たした。

「わかってる。わかってるよ……」

暁信は虚《うつ》ろなまなざしを春の空に転じた。

青い空と白い雲を背景に、小鳥が二羽、遠くの五重塔をめざして飛んでいく。あれは恋人同士だろうか、あの自由さに比べて自分は……と、鳥にまでやっかみをいだいてしまった。

思えば、貘《ばく》もどきの背中に乗って夜空を飛行していたあの時間こそが、いちばん満ち足りていたかもしれない。

もちろん、あのときはそんなことはこれっぽっちも考えなかった。本当に命がけだった。ヤミーだって、そばにいたのだ。

しかし、そんな事実は瑣末《さまつ》なものとして片づけられ、あれは恋人たちの闇夜の逃避行であったかのように脚色されていく。ヤミーの存在は削除され、力丸《りきまる》のいやらしげな目つきにも、相当、修正が加えられる。

（あのときのように、自由に大空を翔《か》けていく翼があれば……。けれども、わが身は鳥にしあらねば……）

こうして、思い出は美しすぎるほどに造り替えられていく。

ほおっとため息をついた暁信《あきのぶ》を、乳兄弟《ちきょうだい》は横目で観察していた。

あまりうるさく言っても逆効果。むしろ、情緒《じょうちょ》面の活性化に繋《つな》がればめっけもの。と、思っているのが露骨だ。

やがて、繁子の邸《やしき》が見えてきた。

長い塀《へい》に沿って歩いていたふたりの足が、ふいに止まる。

門があき、中から一台の牛車《ぎっしゃ》が出てきたのだ。

品よく仕立てられた女車《おんなぐるま》だ。物見窓《ものみまど》から、ちらりと若い女が顔を覗《のぞ》かせる。

檜扇《ひおうぎ》で隠されて、目もとが一瞬、見えただけだった。窓もすぐに閉められてしまった。たったそれだけでも、暁信には充分だった。

「いまのは——繁子どのだ」

「どちらへ行かれるのでしょうか」

「さあ……」

結婚が破談になったことは、繁子もわかっているだろう。昨夜の別れ際はああだったし、後朝《きぬぎぬ》の文《ふみ》も送らなかったことだし。

失意の涙にかきくれて部屋に閉じこもり、外に出る気力もないはずでは——などといった夢想は、暁信もさすがにしない。それでも、この時期にすぐ出かけていく点は気になる。

実唯も同じように感じたのか、低い声で訊く。

「追ってみましょうか」

暁信はもちろん、首を縦に振った。

女車に付き従っている者たちに気取《けど》られぬよう、注意をしながら暁信たちはあとを追う。

車は平安京《へいあんきょう》を、北へ北へと向かっていた。やがて、洛外《らくがい》へと出、紫野《むらさきの》と呼ばれる一帯に行き着く。

途中で何かに気づいたらしく、実唯が小声でつぶやいた。

「この先は確か――」

ふたりの目に、長く続く塀《へい》が見えてきた。

たどりついたその先にある建物を、暁信も知ってはいた。中に入ったことはないけれども。

そこは御所《ごしょ》と並ぶくらい特別な場所――賀茂《かも》の斎院《さいいん》が住まう、斎院御所だった。

斎院とは、伊勢《いせ》の斎宮と並ぶ、もうひとりの斎王《さいおう》。皇族の姫君の中から選ばれた巫女姫《みこひめ》のことである。

伊勢は遠く離れているが、賀茂の斎院は平安京のすぐ近く、この紫野《むらさきの》に居を構えていた。

繁子を乗せた女車《おんなぐるま》は、まさにその斎院御所に入っていく。正門ではなく、脇の小さな門をくぐって。

「母上が斎院御所にお勤めだと聞いてはいたが」

「ええ。かなり長く仕えておられるそうで。斎院からの信頼も厚く――」

実唯は言葉を選ぶための間をおいて、続けた。

「斎院に仕える女房《にょうぼう》たちの総大将みたいな存在らしいですよ」

「総大将？　ああ、つまり古株なんだな。それもかなり怖い」

「ええ、まあ……」

繁子を結婚相手に選ぶにあたって、実母のその人脈が魅力的だったことは確かだ。

娘が母親の勤務先に顔を出しても、なんら不思議ではない。繁子自身、その縁で斎院御所に出入りがあったことも聞いている。

「この中に入られたのなら……出てくるのを待つしかなさそうだな」

暁信のような後ろ盾も何もない若輩者《じゃくはいもの》は、招きもなしにここには入れない。しかし、いったい、いつ出てくるというのか。

「せめて、中を覗《のぞ》けないのかな……」

そんなことをつぶやきつつ、暁信は塀のまわりを歩いてみた。正門の近くからはずれていくと、ひと通りはほとんどなくなってしまった。目の前には、ただ延々と斎院御所の塀が続いている。

実唯とふたりで、しばらく歩いてみたが、本当に誰とも行きあわない。

これなら中を覗いても、見咎《みとが》められはしないのではないか——そんな考えが、ふと、暁信の心に浮かんだ。そういうときに限って、足がかりにするのによさそうな松が、塀のそばに立っているのをみつけてしまう。

暁信は松の下で立ち止まり、実唯を振り返った。

「ちょっとだけ、肩を貸してもらうよ」

彼の意図を悟り、実唯は猛然と首を左右に振った。

「いけません、暁信さま。ここは斎院御所ですよ。神聖な巫女姫のおわす聖域なんですよ。わかってますか?」

「いいじゃないか。ちょっとだけだってば」

「いけませんったら、いけません。何を考えておられるんですか」

「いや、だから、ほんのちょっとだけだってば。ほら、後ろ向いて。この松の幹に両手をついて。ちゃんと踏んばって」

「い、いけません。そのような、畏《おそ》れ多いことは、絶対にいけ……ああ」

ごちゃごちゃと口では抵抗しつつも、実唯《さねただ》は結局、松の幹に手をつき、踏み台の役を果たしてくれた。

「ちょっとだけですよ。本当にちょっとだけですからねっ」

「うんうん。わかってる、わかってる」

身軽な狩衣《かりぎぬ》でよかったなと思いつつ、裸足《はだし》になって実唯の肩を踏み、松の枝を経由して、塀《へい》の上に身を乗り出す。普段はあまり器用なたちではないが、踏み台もあったことだし、この程度の木登りならば暁信《あきのぶ》でもなんとかこなせる。

塀の上からひょいと顔を出すと、広い敷地に檜皮葺《ひわだぶ》きの屋根がいくつも連なっているさまが見渡せた。

塀のすぐ下は野の風情《ふぜい》を模した坪庭《つぼにわ》だが、建物のむこう側には山水を思わせる大きな庭園が広がっているらしい。池と、そこに張り出して造られた釣殿《つりどの》が、端のほうだけ垣間見《かいまみ》えた。

ああいう釣殿で上《うえ》つかたがたは冬の雪を、夏の螢《ほたる》を楽しむだろうなと夢想するのも楽しく、暁信はうっとりと見入っていた。

……周囲への警戒がそれでおろそかになったことは否定できない。

「こら、そこで何をしている！」

突然、太い声が響き、警護のための衛士《えじ》が三人、道の側に駆けこんできた。あ、と思ったときには、すでに松の木のまわりを取り囲まれていた。

それぞれに武器を手にし、険しい目で暁信たちを睨《にら》んでいる。この状況では、言い訳のしようがない。それでも、実唯は弁解しようと試みる。

「いいえ、われらはけして怪しい者では……」

衛士たちは聞く耳など持たなかった。当然である。

「いいから、こっちに来るんだ」

衛士のひとりが実唯の腕を強引につかんだ。ほかの衛士たちは、塀の上の暁信に呼びかける。

「おまえもだ。とっとと降りてこい」

「早くしないか」

乱暴な口利《くちき》きにむっとしたが、ここで逆らってはまずい。

「わかった。いますぐ——」

身体《からだ》の向きを換えようとして、無理にねじったのが悪かった。

手もとがずるりとすべり、体勢がくずれた。あっと思った次の瞬間には、暁信の身体は塀《へい》の内側へ——御所《ごしょ》内の坪庭《つぼにわ》へと落ちていた。

ばきばきと小枝が折れ、緑の葉が盛大に散る。

ちょうど真下に、よく繁《しげ》った植えこみがあったおかげで、頭から落ちた割りには怪我《けが》もせずにすんだ。だが、総合的に見れば、これは幸運ではなく悲運だろう。

植えこみになかば埋もれる形で呆然《ぼうぜん》としていた暁信の耳に、衛士《えじ》たちの怒号が聞こえてきた。

「し、侵入者だ」

「斎院御所《さいいんごしょ》に不届き者が侵入したぞ」

「ひっ捕らえろ!」

塀のむこうであわただしい足音が響く。実唯がやめろ、離せと必死に叫んでいる。どうやら、衛士たちは実唯を引きずりつつ、手近な門に向かって走っているらしい。

あわてた暁信は、小枝を新たに散らしながら、植えこみの中から這《は》い出した。

きょろきょろとあたりを見回す。幸い、こちらの周辺に人影はない。

身を低くかがめて、暁信は植えこみの間を走り出した。誰かにみつかる前に、外の衛士たちが中に踏みこんでくる前に、出口を探して逃げ出さねばならない。

実唯を救いたいが、それもまず、ここを出てからの話だ。

（ど、どこだ、門は）

正門の位置はわかっている。しかし、主要な門には当然、門番が控えていることだろう。どこか手薄《てうす》な門を、あるいは、簡単に塀をよじ登っていけそうなところをみつけなくてはならない。だが、早々都合よくいくものでもない。

あせる暁信の目の前に、ふいに人影が出現した。庭先に出ていたそのひとの前に、暁信が気づかず、飛び出していったのだ。

見た瞬間、物《もの》の怪《け》が出たかと彼は思った。

いちおう、相手はひとの形をしていた。背の低い、年のいった女房《にょうぼう》だ。髪には白いものが混じり、全体的に灰色っぽく見える。着ているものは松襲《まつがさね》の唐衣《からぎぬ》。表に松の葉の色を、裏に木陰を表す紫を重ねた配色だ。優美だが、落ち着いた配色ともいえよう。

問題は顔である。

腫《は》れぼったいまぶたの真ん中に、細く切れこみを入れたかのような目。鼻は低く、鼻孔《びこう》は横に広がっている。口は相当、大きい。丸い団子を上下に押しつぶしたような輪郭《りんかく》線だ。

ひと言でいえば――ヒキガエルに酷似《こくじ》していた。

二日前の晩に、似たような面相の物の怪たちと遭遇《そうぐう》したばかりである。いまは真っ昼間だが、目の前の女房は果たして本当にヒトなのかと、暁信は判断に迷った。

ヒキガエルの女房は、眉《まゆ》ひとつ動かさず——その眉も薄くて、ありかがわかりづらい——暁信の顔をじっとみつめている。

そして、おもむろに口を開いた。大きな、大きな口を。

「曲者《くせもの》じゃ。ものども、出あえぇぇ。曲者じゃあああぁ」

尻上がりに、音量が増していく。暴力的な音の攻撃に、暁信は思わず両手で耳を押さえた。奇怪な女房に背を向け、すぐさまその場から逃げ出そうとする。が、できなかった。

女房の発する警報を聞きつけ、五、六人の衛士《えじ》たちが走りこんできたのだ。

まわりを囲まれ、逃げ場を失う。どうしたらと立ち尽くしていると、新たに三人の衛士が、その場に加わった。彼らは実唯《さねただ》の襟首《えりくび》をつかみ、強引に引きずってきていた。

「こいつの仲間をみつけたか」

そう言いながら、衛士は実唯を乱暴に突き飛ばした。

地面に倒れた実唯は、口の端を腫《は》らしていた。殴《なぐ》りつけられたらしい。

乳兄弟《ちきょうだい》が痛めつけられた証拠を目にした途端、暁信《あきのぶ》は息を呑《の》んだ。

怒りが、腹の底から急激にこみあげてくる。だが、それが沸点《ふってん》に達する前に、実唯が奇妙な声をあげた。

「あ、あなたさまは……！」

松襲《まつがさね》の女房をひたと見据《みす》えて、そう言ったのだ。

実唯は芝の上で身体《からだ》の向きを換えると、女房に向かって声高に訴えた。

「よかったです、このようなときにお逢いできて。どうか、ここの者たちに申しあげていただきたい。わたしたちはけして怪しい者ではないと」

「実唯？　知り合いなのか、このヒ……」

ヒキガエル、と言いかけて、どうにか押しとどめる。

女房の細い目が、実唯を無表情にみつめる。それもかなり長いこと。

特徴的な鼻が細かくひくついたかと思うと、横一文字《よこいちもんじ》の大きな口がかぱっと開いた。

また叫ぶつもりかと暁信は身構えたが、出たのは意外にしっとりとした声だった。ただし、しゃべった内容はしっとりなどしていない。

「怪しい者じゃ。ひっ捕らえよ」

衛士のひとりが、さっと前に出た。

実唯の形相《ぎょうそう》が、さらに必死さを増す。

「お忘れですか。おとついの夜、にわかに騒ぎが起きたおり、繁子姫《しげこひめ》のもとに駆けつける途中で、あなたはあわてるあまり、簀子《すのこ》で蹴《け》つまずかれましたよねっ」

「あれはそなたが、わたしの袿《うちぎ》の裾《すそ》を踏んだからではないか」

「踏んでませんってば。あのときもそうおっしゃいましたけど、濡《ぬ》れ衣《ぎぬ》ですってば」

「わたしがそのようなへまをしでかしたと申すか！」

「だって、したじゃありませんか！」

口角《こうかく》から唾《つば》を飛ばして、ふたりは言い争う。

事情はよくわからないが、彼らが顔見知りであることは確かなようだ。

衛士《えじ》たちは困ったように顔を見合わせている。どうやら、この女房《にょうぼう》は彼らにとって扱いが難しい存在らしい。

暁信はおそるおそる、実唯に尋ねてみた。

「こちらは、どなたなのだ……」

返事は早かった。

「繁子姫のご母堂《ぼどう》ですよ」

思わず、暁信は声を大にした。

「嘘だろう……！」

全然、似ていない。微塵《みじん》も。これっぽっちも。

松襲《まつがさね》の女房は横に広がった鼻孔《びこう》から、ふんっと息を噴き出し、暁信を睨《にら》みつけた。

「なんの嘘などつこうか」

実唯が苦々しげにつぶやく。

「わたしに濡れ衣を着せようとなさいましたけどね」

暁信は弱々しくかぶりを振った。

あの可憐《かれん》な繁子姫が娘で、このヒキガエ……否《いな》、偉そうな女房が母親。そう聞かされて、彼が導き出した結論は、

「……義理の母子《ははこ》でありましたか」

「何を言うか。繁子はわたしが腹を痛めて産んだ子ぞ」

じろりと睨《にら》みあげられて、暁信はとまどいながらもなんとか笑顔を返す。

女房は鼻を鳴らすと、衛士のひとりに視線を移した。

「これ。そこの者」

檜扇《ひおうぎ》で指し示されて、衛士は緊張気味に返答をした。

「あ、はい、蘭子《らんこ》さま」

「蘭子ぉ？」

これはまた、ずいぶんと美しい名を、と暁信は驚いた。女房——蘭子に再度睨まれて、あわてて笑ってごまかしたが。

蘭子は薄い肩を尊大にそびやかし、衛士に向かって改めて尋ねた。

「この者たちは何をしたのか？」

「はい。塀《へい》を乗り越えて、大胆《だいたん》にも斎院御所《さいいんごしょ》に忍びこもうとしているところをみつけましたので追っておりました」

「いや、だから、それは誤解で——」

弁解しようとする暁信《あきのぶ》に、蘭子は容赦《ようしゃ》なく言う。

「何が誤解か。実際に忍びこんだから、ここにおるのだろうが」

「中を覗《のぞ》きたかっただけです。繁子姫《しげこひめ》がここに入っていくところをお見かけして、悪いこととは知りつつも——」

「さっきから、なぜ繁子の名が出る」

「いや、それは、あの……」

衛士《えじ》たちの環視の前では説明しづらい。口ごもった暁信だったが、そこに実唯がいることを手がかりになったのか、蘭子は自分で正解に気がついた。

「婿《むこ》どのか！」

……破談になったという話は、ちゃんと母親に伝わっていないのかと、暁信は不安になった。

そういえば、繁子はこの結婚に母がたいそう乗り気だとかいうことを言っていたなと思い出す。

ここは話を合わせるべきか、真実を告げるべきか。迷うところではある。

娘婿《むすめむこ》と思えば、援護してくれるかもしれない。が、娘をふったと知れば、母として怒り、これ幸いと衛士たちに引き渡すだろう。

絶体絶命のその場に、新たな声が降ってきた。

「なにやら騒がしいな、蘭」

涼しげな、若い女の声だった。

振り返ると、すぐ近くの簀子《すのこ》にいつのまにか誰かが立っていた。

蘇芳《すおう》色の小袿《こうちぎ》を身にまとって、面白そうにこちらを見ている。

彼女の後ろには、困惑顔の繁子が控えていた。そちらの装《よそお》いは、唐衣《からぎぬ》に裳《も》をつけた女房装束《しょうぞく》だ。

この時代では、身分の違う者たちが同席するとき、より高位の者のほうが略式の装いになる。小袿のほうが裳唐衣よりも、ずっと略式だ。つまり、繁子よりも、蘇芳色の小袿を着た女のほうが、身分が上ということになる。

だが――以前に暁信が見たときは、彼女たちの立場は完全に逆だったはず。

蘭子はうやうやしく彼女に頭を下げた。

「申し訳ありません、宮さま」

ほかの衛士たちも、それに倣《なら》って、こうべを垂《た》れる。

誰もが、彼女に向かって礼を尽くす。暁信と実唯だけが、呆然《ぼうぜん》としている。

「宮、さま、って……」

のろのろとつぶやいた暁信に向け、多佳子《たかこ》は檜扇《ひおうぎ》をかざして婉然《えんぜん》と微笑《ほほえ》みかける。夜の月のもとで見た彼女も美しかったが、昼の光の中でもその輝きはまさるとも劣らない。

「控えなされ、婿どの。このおかたは——」

暁信の袖《そで》を引きながら、蘭子が神妙な口調で告げた。

「伊勢《いせ》の斎宮《さいぐう》と並ぶ、賀茂《かも》の斎院《さいいん》。都の平安をお祈りなさる斎姫《いつきのひめ》、多佳子さまであらせられますよ」

第四章　歌曲『魔王』

廂《ひさし》の間《ま》に通された暁信《あきのぶ》は、身を小さく縮こまらせて円座《わろうだ》にすわった。

顔が上げられない。だが、見なくても、上質の裳《も》がさらさらと床をすべる音は聞こえる。典《てん》雅《が》な香りが鼻孔《びこう》をくすぐる。

視界の隅に位置した二階棚《にかいだな》の上には、唐渡《からわた》りの香炉《こうろ》が置かれている。衝立《ついたて》に描かれた花鳥図は、当代きっての人気絵師の手によるものだ。

ここは斎院御所《さいいんごしょ》の中、斎院の御前——暁信にとっては雲の上にも等しい場所だ。

一段高い母屋《もや》には多佳子《たかこ》がすわっている。そのすぐそばにはヒキ……ではなく蘭子《らんこ》が、少し離れて繁子《しげこ》が控えている。

実唯《さねただ》は庭先に待機させられていた。その姿は見えないが、外に面した御簾《みす》はすべて上げられているし、蔀戸《しとみど》も開いているから、中の会話は彼にも聞こえるはずだ。

見えるところに乳兄弟《ちきょうだい》がいないのは心細いが、この場合は仕方あるまい。

「そう縮こまらずともよいのに」

脇息《きょうそく》にひじをついた多佳子は、暁信を見下ろし、喉《のど》で笑っている。

繁子の邸《やしき》で女房《にょうぼう》のふりをしていたときとは、言葉遣いが違う。けれども、まっすぐに人を見るところは変わらない。

伊勢《いせ》の斎宮《さいぐう》と並ぶ、賀茂《かも》の斎院《さいいん》——その成立は平安初期、嵯峨《さが》天皇の皇女、有智子内親王《うちこないしんのう》に始まり、以後、未婚の内親王もしくは女王《じょおう》をたてて、綿々と続いてきた。

現斎院は前代の帝《みかど》の孫にあたる、多佳子女王。と、名前だけなら暁信も知ってはいた。だが、それと女房の多佳子が、彼の頭の中で結びつかなかったのだ。

無理もない。皇族に連なる神聖な巫女姫《みこひめ》が、一介《いっかい》の女房に身をやつして物《もの》の怪《け》相手に格闘するなど、あるまじきことである。それも理由が、腹心《ふくしん》の女房の娘のため。

蘭子と繁子の母子《ははこ》の邸《やしき》で、このところ変事が重なっている。僧侶《そうりょ》や陰陽師《おんみょうじ》を呼んでも効果はない。これから娘が婿《むこ》をとるというのに、物の怪の祟《たた》りのせいで破談になってしまったら、どうしよう——との蘭子の悩みを知り、それならばわたしがなんとかしようと、斎院御自《おんみずか》ら乗り出してきたらしいのだ。

あきれた話である。いくら蘭子が腹心の女房だからとはいえ、そこまでするのは度を越している。

誰も止めなかったのかと訊きたいところだが、おそらく誰も止められなかったからこそ、こうなったのだろう。この多佳子ならば、やりそうなことだ。

帝の寵愛《ちょうあい》をめぐってどろどろしがちな後宮とも、都を遠く離れた伊勢とも違い、斎院御所には自由で華《はな》やかな気風が満ちている。そういった特別な場だからこそ、彼女の型破りさも阻害されることなく育ったのかもしれない。

しかし、暁信のほうはそう簡単には割り切れない。斎院の前だというのに、烏帽子《えぼし》に狩衣《かりぎぬ》といった略装であることも気になって仕方ないのだ。

「知らぬこととはいえ……、宮さまに無礼の数々……」

「無礼など何もなかったぞ。それどころか、そなたは命がけでわたしを救ってくれた」

「いえ、あれは……」

火事場の馬鹿力なんです、期間限定なんです、と打ち明けるのも恥ずかしい。ごにょごにょと口ごもっていると、蘭子が唐突《とうとつ》に高い声をあげた。

「さすがは婿どの。宮さまから聞いておりますよ。最初の夜に、百鬼夜行《ひゃっきやぎょう》が繰り出してきたというのに、一歩もひかぬ豪胆《ごうたん》さだったとか」

「いえ、それは」

話が事実と違っている。そう言いたかったのに、蘭子は耳を貸さずにしゃべり続ける。

「そのような優しげなお顔とは裏腹に、燃え盛るお心を持っておられるのですね。わが家にいろいろと変事が重なっていると知ってもなお恐れず、三日目の夜も待たずに繁子のもとへ通おうとなさるとは……！」

「いえ、これは」

「さらにさらに、斎院御所《さいいんごしょ》の中に消えた繁子の姿をひと目見んがために、危険も顧《かえり》みずに斎院御所に忍びこむとは……！」

どんどん話が膨《ふく》らんでいる。暁信《あきのぶ》は泣きそうになった。

「いえ、ですから」

「それほどまでに繁子がお気に召しましたのか。ああ、わが娘はなんという果報者《かほうもの》でありましょう。見目麗《みめうるわ》しく若き殿方《とのがた》に、こうまで強く想われるなんて――」

まるで自分が想われてでもいるかのように、蘭子《らんこ》は膨《ふく》らんだ頬《ほお》を赤く染め、ちぎれんばかりに身をよじる。見ていて怖いくらいだ。

（繁子姫にこんな母君がいらしたとは……）

今日、初めて知らされた事実に、暁信はだらだらと汗を流した。乳兄弟《ちきょうだい》の調査不足を、正直、恨みたい。

多佳子は目を細めて、繁子を振り返る。

「本当に、繁子は幸せ者だな」

けれども、幸せなはずの繁子は硬い表情を顔に貼りつかせている。

「わたしは……」

乾いた唇からこぼれる声も、その内容も、母親の浮かれようとは大きく隔《へだ》たりがあった。

「暁信さまのとの結婚は、ないものと思っておりました」

途端に、蘭子は顔色を赤から青へと激変させた。

「繁子、おまえはなんということを！」

繁子も負けじと声を張りあげる。

「だって、わたしたちの間には何もなかったのですもの。昨日も、その前の夜も」

暁信は両の頰を押さえてすくみあがった。

繁子の証言はまぎれもない真実だが、そんな声高に訴えられると、すべては彼の責任であるかのように聞こえてしまう。男として、これには異を唱えぬわけにいかなかった。

「お待ちください、お待ちください。それには深いわけが……」

「後朝《きぬぎぬ》の文《ふみ》も今日はいただいてはおりませんわ。この話はなかったことにと、そういう意思表示なのでしょう?」

「え、まあ、その」

繁子は急に、わっと泣き伏した。蘭子の顔色が、青から赤へとまた変わる。今度の赤は、憤《ふん》怒《ぬ》のどす黒さを帯びていた。

「婿どの、これはどういうことなのですか」

小柄《こがら》な蘭子の身体《からだ》が天井に達しそうなほど膨れあがる。彼女の背後からは、地響きに似た轟《とどろ》きが重く低く鳴り響く。ゴゴゴゴゴと。

――もちろん、実際にそんな現象が起こるはずはないのだが、そんなふうに暁信は体感してしまったのである。

逃げなければ殺される、となかば本気で暁信は慄《おのの》いた。が、そんな怒れる母親に、繁子は涙をふりしぼりながらすがりついた。

「いいのです、母上。暁信さまは悪くありません。繁子は物《もの》の怪《け》に憑《つ》かれた女。結婚など、誰ともできるはずがないのです。どうぞ、繁子の婿《むこ》取《と》りはおあきらめになってください」

「また、そのような。おまえのほうこそ、いいかげんにあきらめ……」

急に、部屋の外から声があがった。

「おそれながら、おそれながら申しあげます！」

庭先に待機させられた実唯《さねただ》である。洩《も》れ聞こえてくる会話から主人の危機を知り、どうにも我慢ができなくなったらしい。

「暁信さまは、けして物の怪を恐れて、この結婚を破談になさろうとしたのではなく――」

暁信は、ひぃと悲鳴をあげた。熱血乳兄弟《ちきょうだい》に擁護《ようご》されるのは、大勢の前で親にかばわれるような恥ずかしさがあった。

「やめてくれ、実唯。何も言わなくていいから」

「ですが、暁信さま！」

結婚をめぐって、おのおのが声を張りあげる。その混乱の中に、多佳子《たかこ》の落ち着きはらった

声がするりと割って入った。

「まあ、待て。……初日に何もなかったのは、百鬼夜行《ひやつきやぎよう》が繰り出してきたせいであろう?」

「はいっ、はい、そうですっ」

「二日目に何もなかったのはどうしてかな? そういえば、ずいぶんと早い帰りだったが……」

「あ、あれは、やはり、その、突然の怪異が生じまして――」

暁信《あきのぶ》は冷や汗を流しながら、どことも知れぬ闇に墜《お》ちたいきさつを語った。

当然、話はヤミーの件にも及ぶ。彼女に気に入られ、三日夜《みかよ》が成就《じようじゆ》すれば晴れて夫婦だと言われたことも打ち明けた。

「その帰り道に、冥府《めいふ》がらみの者とおぼしき男に襲われもいたしました。なんとか窮地《きゆうち》は脱しましたが、このままでは命がいくつあっても足りぬと実感いたしました。この悪《あ》しき因縁《いんねん》を絶つためには、繁子姫《しげこひめ》の周辺で起こる変事の原因を突き止めることが必要かと考え、それでお邸《やしき》の様子をうかがっておりましたら、繁子姫を乗せた牛車《ぎつしや》が――」

牛車をつけて斎院御所《さいいんごしよ》に着いたくだり、中はどんな様子かと塀《へい》に登ってしまったくだりをどうにか話し終え、暁信は大きくため息をついた。ようやく話せたという、達成感があった。

夜叉王《やしやおう》との闘いの仔細《しさい》や、多佳子への気持ちはあえて省《はぶ》いたが、この場合、それは許されるだろう。第一、前者はともかく後者はこの場でできる話でもない。

多佳子は檜扇《ひおうぎ》を開いたり閉じたりしながら、考えこんでいた。真面目《まじめ》な表情も、理知的な彼女にはよく似合っている。

「ヤミー、か……。そういえば、閻魔《えんま》の本来の名は、天竺《てんじく》の言葉でヤマというらしい。あちらの古い神話によると、ヤマにはヤミーという名の妹がいるそうだし、叔母《おば》の名をもらったと考えるなら、あの夜魅姫《やみひめ》とやら、まことの冥府の皇女かもな」

「そ、そういうわけで、わたしは冥府の姫君に魅入《みい》られた、呪われた身なのです。こんなわたしは、繁子姫にふさわしくありません。ですから……」

「だから、身をひこうとした、と?」

多佳子に訊かれ、暁信がうなずく。内心、ちょっと違うかなと思いつつ。

すかさず、蘭子《らんこ》が声を大にした。

「なんという深いお心。ああ、やはり、暁信さまはわが娘にふさわしい婿がね」

そう来るか、と暁信は顔をひきつらせた。

「いえいえいえ、なりません。こんな呪われた男が婿に入ったら、お邸にますますの災《わざわ》いが」

暁信がおのれを卑下《ひげ》するのが許せなかったのだろう、

「暁信さまは呪われてなどおりません!」

お忠義者の乳兄弟《ちきょうだい》が、庭先からまた叫んだ。さらに、繁子が涙声で加わる。

「やめてください、母上も暁信さまも。そもそも最初から、わたしは結婚などしたくなかったのです」

「この子は、まだそんなことを……！」

「まあまあ。落ち着け、みなの者」

それぞれが声を嗄《か》らす中、ただひとり、冷静だった多佳子がやんわりとした口調で言った。

さすがに斎院《さいいん》のお言葉とあって、熱くなっていた面々もすぐさま口をつぐむ。

「とりあえず、結婚に関してはもう一度最初から、当事者同士で話し合うがよい。それよりも差し迫った問題は、冥府《めいふ》の姫への対応だろう。やりかたを間違えば……暁信どのは今夜、冥府に生きながら引きずりこまれるのだぞ。地獄の婿《むこ》として」

突如、暁信の脳裏《のうり》に、あわただしい歌曲が鳴り響き出した。

彼とて、冥府には行きたくない。実唯《さねただ》もきっと、あるじを救うべく力を尽くしてくれるだろう。

しかし、この世のものならぬ存在から果たして逃げおおせられるものか。馬に乗り、どれほど速く駆けていこうとも、ヤミーは追ってくるに違いない。

『実唯、実唯、聞こえないのか。ヤミーが何か言っているよ』

そんなふうに恐れ慄《おのの》く暁信を、実唯は必死に勇気づけようとするだろう。

『大丈夫《だいじょうぶ》です、暁信さま。あれはただの霧《きり》ですから』

しかし、ヤミーは暗闇から歌いかける。銀色の削《そ》ぎ髪を藻《も》のように揺らめかせ、白い骨が浮きあがった闇色の手を伸ばして。

『愛《いと》しいわが君、さあ、参ろう……』

結句、実唯に助けを求めつつも、ヤミーによって冥界に無理矢理さらわれていく。そんな自分の姿が、ありありと思い浮かぶ……。

額に噴き出てきた汗を、暁信は手の甲でいそがしくぬぐった。

「そ、そのような事態は、ぜひとも避けたく……」

「そうであろうなぁ」

他人事《ひとごと》のように——実際、他人事だ——多佳子は明るく微笑《ほほえ》んだ。

「夜魅姫が探しているもの。それがひょっとしたら、繁子の邸《やしき》での変事と関係あるのかもしれない。その読みはあながちはずれてはいないと、わたしも思う。それが何かを探し出し、夜魅姫に差し出せば、婿取りをあきらめてくれるかもしれない。逆に感激して、ますます惚《ほ》れこんでくるかもしれない。まあ、そこは賭《か》けだな」

かなり分《ぶ》の悪い賭けであることは確かだ。

「蘭も、繁子も、冥府の姫の探し物に心当たりはないのだな？」

繁子はうつむいたまま動かなかったが、蘭子は迷わずうなずいた。

「ええ、もちろんでございますとも」

「ならば、何を探しているのか、当人にずばり聞くのがいちばん早いな……」

多佳子《たかこ》はぱちりと音をたてて檜扇《ひおうぎ》を閉じた。

「よし、決めた」

目力の強い瞳が、より明るく輝いている。なんとなく、いやな予感を暁信《あきのぶ》はおぼえた。

「宮さま……？」

「三日夜《みかよ》を遂行《すいこう》しようか、暁信どの。わたしとそなたで」

げっ、と暁信は潰《つぶ》れたカエルのような声を出した。

「わ、わたしと三日夜を……！」

「正確には、繁子に扮《ふん》したわたしと暁信どのが三日目の夜をともにすごすわけだ。夜魅姫《やみひめ》もきっと来る。そこで問うのだ。何を探しているのかと。うまくいけば、邸《やしき》の怪異もおさめられるやもしれぬ。なに、結婚に関しては露顕《ところあらわし》の儀《ぎ》を執《と》り行わず、うやむやにしてしまえばいい。その気があるのなら、また後日改めて、初夜から始めればいいのだし」

「お待ちを、お待ちください。繁子どのとの結婚はそれでうやむやにできるでしょうけれど、夜魅姫との結婚は——」

「その件に関しては、その場の流れ次第だな」

絶句する暁信の代わりに、庭先で実唯が吼《ほ》える。

「なりません、そのような危険なことは。どうか、思いとどまりを。寺にお戻りになって、精進潔斎《しょうじんけっさい》を。御仏《みほとけ》の力におすがりするのです、暁信さま。わあ、何をする。離せ、離さぬか」

──どうやら、あまりにうるさいので衛士《えじ》が押さえこみにかかったらしい。

それでも続く必死の叫びを耳にして、ふっ、と多佳子が不敵に笑った。

「神に仕える斎院《さいいん》の前で、中子《なかご》の話をよくできる」

中子とは仏をさす、斎王《さいおう》独特の忌み言葉である。神に仕える身に仏教は禁忌《タブー》とされ、仏を中子、経文《きょうもん》を染紙《そめがみ》、僧侶《そうりょ》を髪長《かみなが》と言い換えるのが慣わしになっていた。

彼女が口にした忌み言葉に、暁信は少なからずハッとさせられた。

（そうだ。このかたは賀茂《かも》の斎院。神に仕える神聖な斎《いつき》の姫だったんだ……）

手の届かない存在だったと、改めて思い知らされる。

こうして姿をまのあたりにすることさえ奇跡。このひとには逆らえない。このひととは──恋を育《はぐく》むこともできない。

彼女は都の平安を神に祈るため、皇族の中から卜定《ぼくじょう》によって選び出された阿礼乎止売《あれおとめ》、神の代弁者たる御杖代《みつえしろ》なのだ。立場も身分も違いすぎる。

かつて、色好みとして名高い在原業平《ありわらのなりひら》は禁を犯して伊勢《いせ》の斎宮と恋をしたという。光源氏《ひかるげんじ》の原型《モデル》ともされる業平なら、そういう危険な恋にもおそれず身を投じられるだろう。だが、暁信には──偽りのいま源氏には、土台、無理な話だ。

（何もかも最初から無理だったんだ）

苦い気持ちで未練を断ち切り、暁信は姿勢を正すと、斎院に向かって深々と頭を下げた。

「わかりました。宮さまの仰《おお》せのとおりにいたします。……最悪、わたしがさらわれるだけで済みますものね……」

最後のひと言は、ひどく哀しい気持ちでつぶやいた。どうせ、そうなっても、この高貴な姫君はたいして悔やみもしないだろうと思って。

一瞬、多佳子の表情が揺れる。しかし、自らの不幸な境遇で頭がいっぱいになってしまっていた暁信は、それに気づくことがなかった。

陽は傾き、夜が刻々と忍び寄ってきていた。

繁子の邸《やしき》では昨夜と同様、数え切れぬほどの灯火がともされていた。

邸に増員された警備の者は、その大部分が斎院御所《さいいんごしょ》から派遣《はけん》された衛士《えじ》だった。それもそのはず、いま、対《たい》の屋《や》のこの一室にいるのは蘭子《らんこ》の娘の繁子ではなく、斎院たる多佳子なのだから。

一段高い母屋《もや》には御帳台《みちょうだい》（四方を帳《とばり》で囲った寝台）が置かれている。そのかたわらに二枚の畳《たたみ》が敷かれ、暁信と多佳子はそれぞれの畳の上に向かい合ってすわっていた。

暁信は普段着である狩衣《かりぎぬ》から布袴《ほうこ》へと着替えている。かぶりものも、烏帽子《えぼし》ではなく垂纓《すいえい》の冠だ。

斎院御所から邸に移る前、布袴に着替えをしている最中に、実唯《さねただ》からは何度も、

「こんなことはやめましょう。寺に逃げこみましょう。斎院のご命令とはいえ、あまりにも危険すぎます」

と強く勧められた。

暁信もそうすべきだと思う。思ったのだが——なぜか、こうして三日目の夜に臨んでいる。内心は怖くてたまらないのに。

御帳台の左右に置かれた一対《つい》の燈台《とうだい》が、部屋を照らしている。炭櫃《すびつ》も用意されていた。

多佳子は蘇芳《すおう》色の小袿《こうちぎ》の下に白い袿を何枚も重ね、単衣《ひとえ》と袴を濃色《こきいろ》（暗い灰紫を帯びた濃い紅色）でまとめている。高貴な生まれのためか、紫系統の色がよく似合う。燈台の火に照らされた彼女は、本物の花嫁のようだ。

暁信はわが身に迫る危険も忘れて、ぼうっと多佳子に見惚《みほ》れていた。

これが本当の婚礼だったら、と思うと、がらにもなく胸がどきどきしてくる。

「巻きこんでしまって悪かった……と、思っているぞ」

ふいに多佳子がそう言った。暁信は思わず訊き返した。

「本当ですか？」

「ああ、本当だとも」

暁信は弱々しく微笑《ほほえ》んだ。

「そう言ってくださると、少しは気持ちが慰《なぐさ》められます。つきましては、宮さまにお願いがあるのですが……」

「何かな」

「わたしが冥府《めいふ》に引きずられていきましたらば、あとに遺《のこ》された家族と、乳兄弟《ちきょうだい》の実唯《さねただ》のことをどうぞよろしくお願いいたします」

ずうずうしいような気もしないではなかったが、どうせ言うだけタダだと腹をくって頼んでみる。それに対し、多佳子《たかこ》はわずかに眉《まゆ》をひそめた。

「こら。そのような不吉なことは言うでない」

「明るい未来が思い浮かばないんです。わたしには元服《げんぷく》前の弟がひとりおります。わたし亡きあとは、父も母もその弟を頼りにするしかありません。兄に似ず、賢い弟なのです。とはいえ、わが家には財も後ろ盾もなく、弟の将来もどうなることやら。ですから、どうか、彼の行く末を宮さまにも見守っていただきたく……」

「まだ死ぬと決まったわけではあるまいに。それとも何か、坊主《ぼうず》のところにおとなしく籠《こ》もっていればよかったと悔《く》やんでいるのか?」

「宮さま、忌《い》み言葉をお忘れです。僧侶《そうりょ》は髪長《かみなが》と」

いらだちから、多佳子の口調が急にきつくなった。

「潔斎《けっさい》のさなかではないのだから大目に見よ」

出過ぎた真似《まね》をしてしまったかと後悔し、暁信《あきのぶ》は口をつぐんだ。

沈黙がふたりの間に降りる。燈台の火が燃える微《かす》かな音だけが、妙に耳につくようになる。

気詰まりな静寂を先に破ったのは多佳子のほうだった。

「もっと自分を信じろ」

燈台の火を睨《にら》みつけながら、彼女はぶっきらぼうに言った。

「六本足の獏《ばく》の背から飛び降りたときのそなたは、もっと堂々としていたぞ」

「あのときは……」

恥ずかしさから暁信の顔が赤くなった。例の不思議な五感のことを持ち出されると、どうしても居心地悪く感じてしまう。

「あのときのことを、宮さまはおぼえておいでなのですか」

多佳子は小首を傾《かし》げ、視線を虚空に向けた。

「いや……。途中で意識を失ったような気はする。だが、そなたがわたしの手を握って引きあげようとしていたのはおぼえている。地上めがけて一気に飛び降りていったのも。気を失ったのは、おそらく落下の最中だな」

「そうですか」

暁信は秘かに胸をなでおろした。これなら、なんとかごまかしは効きそうだ。

「あれは、その、破れかぶれの出たとこ勝負と申しましょうか。気が動転していて、あと先を考える分別《ふんべつ》もなくしてしまった結果ですから。あれが本当のわたしだとお思いにならないでください」

「ほお。ならば」

ずいっと膝を進め、多佳子は顔を近づけてきた。

「本当のそなたとはどのようなものだ?」

予想外のその行動と、怒っているかのような口ぶりに、暁信は驚いた。相手の表情を間近で見て、その驚きはさらに強くなる。

多佳子が本気で怒りに駆られているのが見て取れたからだ。

「み、宮さま」

すわったままの姿勢で、暁信はずりずりとあとずさりした。が、彼が後退した分、多佳子も前に進み出る。

畳《たたみ》の上からはずれ、床をあたふたと後退していくうちに、暁信の背中に屏風《びょうぶ》がぶつかった。あっと思って振り返ったときには、屏風はもう床に倒れていた。

「こ、これは、不調法《ぶちょうほう》を……」

あわてて屏風を起こそうとする彼の腕を、ぐいと多佳子が押さえた。振りほどけないことはなかったが、暁信は気圧《けお》されてしまい、そのまま固まってしまう。

身動きできない彼を、多佳子は至近距離からじっとみつめている。怒りは鎮《しず》まりかけている

ようだった。いまは、暁信の内面を探り出そうとでもするかのように、容赦《ようしゃ》ないまなざしを注いでいる。

「訊いてもよいか？」

「な、何をですか？」

「繁子との結婚を決めた理由はなんだ？」

暁信《あきのぶ》は視線を泳がせた。財力でしたと明かすのは、いくらなんでもためらわれる。

「それはその、文《ふみ》のやりとりから、姫の心延《こころば》えの素晴らしさを知り……」

「その文だが、ほとんど蘭《らん》が書いていたらしいぞ」

繁子の母親の顔が鮮明に頭に浮かび、暁信はうっと詰まった。が、それをいうなら、彼の側も、ほとんど実唯《さねただ》に代筆させていたのだ。いい勝負である。

「たいしてうまくもない文だったが、それはそれ、蘭は血すじで婿《むこ》を選んだと言っていた。そなたは、落ちぶれた宮家の流れを汲《く》んでいるらしいな」

「はあ。祖父が姓を賜《たまわ》り、臣下に下りましたが、世を渡る才覚に著《いちじる》しく欠けておりまして、荘《しょう》園《えん》を次々に手放していき……」

「つまり、繁子の実家の財力が決め手になったわけだ」

ずばり、多佳子《たかこ》は言い切った。暁信は動揺《どうよう》をあらわにし、はからずしも斎院《さいいん》の弁を肯定する形になってしまった。

「なるほど。それで、弟の将来を頼むとしつこく言ったのか。家のための結婚なのだな」

「ええ、まあ……。父が『男は妻《め》がらなり』と寝言《ねごと》のように言うものですから」

「それほど困っているのか」

「さきほど申しましたとおり、わが家には財も後ろ盾もありません。長子《ちょうし》であるわたし自身も世渡りベタで……」

「天空から飛び降りる度胸があれば、たいていのことはどうにかなりそうな気がするがな」

「ですから、あれは破れかぶれの出たとこ勝負——」

「追い詰められないと本気が出ないか。因果《いんが》なたちだな」

苦笑いをして、すっと多佳子は身をひき、畳《たたみ》の上へ戻った。暁信も、大きく息をついてから律儀《りちぎ》に屏風《びょうぶ》を起こし、円座《わろうだ》にすわり直す。

いつのまにか、風が出ていたらしい。降ろされていた蔀戸《しとみど》がカタカタと揺れている。耳をすませば、遠くで風の哭《な》く声がする。まるで真冬に戻ってしまったかのようだ。

「外は……風が強くなっているようですね」

場繋《ばつな》ぎにそうつぶやく。多佳子は関心もなさそうに、ああと生返事をしただけだった。

また気詰まりなだんまりが続くのか——と、暁信が寂しく思っていると、ひときわ大きく、風で邸が揺れた。

ずいぶんと急に天候が変わるものだなと、暁信は驚く。そういえば、気温もぐっと下がったようだ。

「寒くはありませんか、宮さま」

返事はない。それでも、暁信は膝立ちをして炭櫃《すびつ》に近づき、中を覗《のぞ》きこんだ。

炭は充分にくべられていたが、まだ春とは名ばかりの夜のこと、暖をとるためのものがもうひとつあってもいいかと思われた。

「誰かに命じて、火桶《ひおけ》を持ってこさせましょうか」

言いながら、妻戸《つまど》に向かおうとすると。

再び、風で邸《やしき》が揺れた。前よりも激しく。

足もとが浮いたような不安感に見舞われ、暁信は立ちすくむ。と同時に、両開きの妻戸が左右に大きく開いた。

風が、戦場を駆ける戦乙女《いくさおとめ》のごとき勢いで部屋に吹きこんできた。

御帳台《みちょうだい》の帳《とばり》があわただしくはためき、二階棚《にかいだな》の上の泔坏《ゆするつき》——銀製の蓋《ふた》付椀が床に転げ落ちる。せっかく立てた屏風《びょうぶ》もまた、ばたんと後ろに倒れる。

吹きこんでくる風の中心に、大陸風の衣装《いしょう》に身を包んだ男が立っていた。

まっすぐな黒髪が、腰に巻いた白い帯の端が、吹きすさぶ風に躍っている。乱れ髪の合間から覗《のぞ》く瞳には、凶暴な感情がみなぎっている。

「昨夜の——!」

ヤミーより先にこいつが来たかとたじろぐ暁信に、男は初めて名乗りをあげた。

「夜叉王《やしゃおう》だ」

夜叉とは、凶悪な鬼神とも、仏教の護法神ともされる超自然的な存在である。その力にあやかろうと、人名にもよく用いられてきた。

しかし——この風の異様な吹きかたといい、夜魅姫《やみひめ》を知っていたことといい、ただびとだとは思えない。

暁信のその懸念《けねん》を裏付けるように、夜叉王は言った。

「夜魅姫は閻魔大王《えんまだいおう》の皇女《ひめみこ》、いずれはわが妻ともなるおかた。人間との婚姻《こんいん》など、そのような茶番《ちゃばん》は認めるわけにはいかない」

そういうことかと、暁信にもようやく得心がいった。

「ヤミーの婚約者《いいなずけ》なわけか！」

それならば、昨夜、いきなり路上で襲いかかってきたのも理解できる。三日夜《みかよ》の件をどこからか聞きつけ、そうとう不快に思ったのだろう。

暁信はこぶしを握り、ありったけの力をこめて断言した。

「認める認めない以前に、そういう話はないから」

夜叉王はその濃紺《のうこん》の瞳をカッと見開いた。

「きさま、つまり、姫君のお心をもてあそんだのだな」

言いがかりもいいところである。あまりの勘違《かんちが》いぶりに悶絶《もんぜつ》しそうになりながら、

「絶対に違う!!」

暁信《あきのぶ》は両手を振り、全身で否定してみせた。しかし、夜叉王は聞く耳を持たない。

「問答無用」

吐き捨てるように言うと、地獄の悪鬼は直刀を抜いた。

邸《やしき》の主屋《おもや》となる寝殿も、にわかに起こった強風に震えていた。

蘭子《らんこ》と繁子《しげこ》の母子《ははこ》は、寝殿の一室、廂《ひさし》の間《ま》に控えていた。実唯《さねただ》もそばにいる。何か起こったときの備えとして、そこに配置させられたのだ。

彼としては、対《たい》の屋《や》の暁信たちが気になる。ところが、斎院御所《さいいんごしょ》で吼《ほ》えすぎたのが裏目に出たらしく、おまえは少し離れていろと多佳子《たかこ》に釘《くぎ》を刺されて、蘭子母子といっしょにさせられてしまった。

もちろん、変事があれば、すぐにでも対の屋に駆けつけるつもりである。そのために、太《た》刀《ち》はすぐ脇に置いてある。

が、いまのところは静かなものだ。変わった点といえば——風が出てきたことぐらい。

「なにやら風が強くなってまいりましたね」

実唯はそう言いながら、揺れる蔀戸《しとみど》を落ち着かなげに見やる。

繁子は雨に打たれた花のように顔を伏せたまま、何も言わない。蘭子はそんな娘を心配するように、そしてなかば困ったようにみつめている。

こちらの家庭もいろいろあるようだなと、実唯は内心思った。

繁子が結婚にまるで乗り気でないことはよくわかった。暁信さまのどこがそんなに気に入らないのかと実唯は不満だが、ひとの好みは千差万別、言っても仕方がないのだろう。

（本当に、物《もの》の怪《け》騒ぎさえなければ、いい結婚相手なのだが……）

実唯は横目でそっと繁子の様子を見やった。

年上だが可憐《かれん》だし、おとなしそうでいて芯《しん》は強そうだ。押しの弱い暁信を、いざというときはぐいぐい引っぱってくれるだろう。

そしてなにより、実家に財力がある。ときの斎院とも繋《つな》がりがある。

物の怪騒ぎの決着がついたら、もう一度、結婚に向けて働きかけてみようかと、実唯は真剣に検討《けんとう》を始めていた。それもこれも、暁信のためによかれと思って。

「しかしまあ、このまま三日夜《みかよ》が無事に明ければ、何もかもうまくいきましょうねえ」

蘭子がそうつぶやく。繁子は怪訝《けげん》そうに眉《まゆ》をひそめた。

「母上、何を……？」

「だから、暁信どのとの結婚ですよ」

もとから細い目を極限まで細めて、蘭子は芯《しん》から嬉《うれ》しそうにくふくふと笑っている。

「あのような心延《こころば》えの優れたかたは、都中を探したところでなかなかいるものではありません。いま源氏の噂《うわさ》を知ったときには、浮ついた若人《わこうど》かと心配もしましたけれど、文《ふみ》の手蹟《て》からうかがうに、そのご気質は馬鹿がつくほど実直かと」

その文を書いた当の本人は、蘭子の目の前にいた。

自分の手蹟のことを言われているのだと気づいた実唯は、ぶっと噴き出しそうになり、あわてて口を手で押さえる。

「おお、忘れていた。そなたの主人を悪く言ったわけではないから許されよ」

「はい、わかっておりますが……。蘭子どののお見立て、もう少し詳しく聞かせていただけますか？　特にあの……手蹟について」

「そうよのう、文から察するによくいえば誠実。悪くいえば愚直《ぐちょく》。あけすけに言わせてもらうなら、おっちょこちょいか？　誤字も脱字も多くて。歌はずばり、下手《へた》クソだったのぅ」

グサグサと、言葉が矢になって突き刺さる。聞かなければよかったと、実唯は心の内で秘かに泣いた。

一方、すぐそこで懊悩《おうのう》している実唯など、繁子の眼中にはなかった。真っ青な顔で、小刻みに震えている。

「結婚？　何を仰《おお》せですか、母上。暁信さまとの婚姻《こんいん》は、もうないものと……」

「ああ、もう、本当に頑固な子だこと」

蘭子はため息をついて檜扇《ひおうぎ》を揺らし、小さな子供を諫《いさ》める母親の口調になった。

「いいのです。このまま、明日の朝には露 顕《ところあらわし》をしてしまいましょう。祝いの餅《もち》の用意もすべて整っているのですよ。なに、心配することはありません。今宵《こよい》こそ、宮さまがわが家に垂れこめていた不吉な雲をすべて祓《はら》ってくださいますとも。あのおかたは神聖なる斎王《いつきのみこ》。物の怪など、おそれるに足らないのです。すべてはいいほうに転じていきますとも。おまえも過去は過去として洗い流して……」

「わたしは――」

動揺《どうよう》もあらわな繁子の声に呼応《こおう》するように、燈台《とうだい》の火が震える。実唯が見ていてぎょっとするほど、激しく。

そして、繁子はその心情を荒々しく放った。

「結婚などいやです。あのかた以外の殿方《とのがた》を通わせたくなどありません！」

血を吐くような叫びとともに、燈台の小さかった火が燃えあがった。火柱となって、見上げるほど高く、赤く。

甲高《かんだか》い鳴き声が廂《ひさし》の間《ま》に響き渡ったのも、それと同時だった。

非常に実用的な、凶悪なまでにまっすぐな刃《やいば》が、夜陰《やいん》にぎらつく。

抜き身の刀を手に、夜叉王《やしゃおう》が部屋に駆けこんできた。

「待て。話せばわかる。話せばわかる」

暁信は懸命《けんめい》に叫びながら後退した。

太刀《たち》は畳《たたみ》のすぐ脇に用意してある。そこに行き着くよりも先に、夜叉王が眼前に迫ってきた。

振り下ろされる直刀。思わず、暁信は目をつぶった。

が、夜叉王は突然、うっとうめいて直刀の軌跡をずらす。鋭い刃は、布袴《ほうこ》の袖《そで》を裂いただけにとどまった。

床に銀製の泔坏《ゆするつき》が転がっていく。多佳子《たかこ》がそれを夜叉王の顔めがけて投げつけたのだ。

「おのれ、女!」

夜叉王に恫喝《どうかつ》されても、多佳子はひるまなかった。百鬼夜行《ひゃっきやぎょう》に対してもそうだったように、その強い瞳でまっすぐに敵を見据《みす》えている。

さらに彼女は堂々と宣言した。

「三日夜《みかよ》の寝所に踏みこむとは、なんたる無礼な。愚かな鬼よ、よく聞くがよい。夜魅姫《やみひめ》との婚礼などあるはずがない。なぜなら、暁信はわたしと結婚するからだ」

夜叉王よりも、暁信のほうが仰天《ぎょうてん》してしまった。

（み、宮さま……！）

斎院《さいいん》、斎宮は神に仕える巫女《みこ》なのだから、もちろん清浄な身でなくてはならない。役を退いてからも、その多くが未婚を貫いている。

まして、暁信は貧乏貴族。釣り合うわけがない。

そう、これは芝居《しばい》。多佳子はあくまでも繁子のふりをして、夜叉王を退散させるための大見《おおみ》得《え》を切ったにすぎない。

わかっていても、暁信は騒ぐ気持ちを抑えることができない。

夜叉王のほうは多佳子の剣幕《けんまく》に一瞬、たじろいだものの、すぐに余裕《よゆう》を取り戻してうそぶいた。

「そのような嘘をついて、わたしを欺《あざむ》こうとしても無駄だ」

衝撃からまだ冷めやらぬ暁信は、大あわてで手足をばたつかせる。

「いや、嘘って。その、嘘かもしれないけれど」

夜叉王は頭をのけぞらせて大笑した。

「語《かた》るに落ちたな。やはり、わたしをたばかろうとしていたわけだ」

急いで口を両手で押さえたが、一度出てしまった言葉は取り戻せるものではない。

多佳子が、ちっと舌打ちする。巫女姫にあるまじき行為だが、馬鹿をやらかしたのは暁信だから文句もつけられない。

「も、申し訳ありません、宮さ……」

暁信《あきのぶ》が謝罪し終わるのを待たず、夜叉王が再び斬《き》りかかってきた。

うわっと悲鳴をあげ、のけぞった暁信は、そのままぶざまに尻餅《しりもち》をついてしまう。あたふたと後ずさりする彼を追い、夜叉王は笑いながら直刀をふるう。

鋭い切っ先が、指貫袴《さしぬきばかま》の裾《すそ》をカッンカッンと斬りつけていく。身体《からだ》には直接、当たらない。わざと嬲《なぶ》っているのだ。

「どうした。昨夜と違って、ずいぶんとのろいな！」

歯をむき出して夜叉王はあざ笑う。

「あの動きを見せてみよ、人間。それとも、あれはまぐれか？」

目にもの見せてやりたいのは山々だったが、できないのだ。

息を切らして逃げるのが精いっぱい。それも、相手が本気でないから、どうにかかわしていられるだけのこと。

壁ぎわまで獲物《えもの》を追い詰め、夜叉王は直刀を大きく振りかぶった。

「闘う気がないのなら――」

死ね、と呪言《まがごと》を吐く。

夜叉王の背後から、多佳子が走りこんできた。

蘇芳《すおう》色の小袿《こうちぎ》とその下に重ねた白い袿の数々は、すでにまとめて脱ぎ捨ててある。濃色《こきいろ》の単衣《ひとえ》と袴《はかま》だけの軽装になった彼女は、そこに倒れていた屏風《びょうぶ》の端をつかんで振り回した。何事かと振り返った夜叉王の顔を、凶器と化した屏風が打ちつける。

がつんと大きな音が響いた。

夜叉王がよろめいた隙《すき》に、暁信は壁ぎわから這《は》って逃げ出し、おのれの太刀《たち》を拾いあげた。

鞘《さや》から太刀を抜き放ち、夜叉王に斬りつける。が、相手は打たれた顔を片手で押さえながらも、軽やかに身を翻《ひるがえ》した。

驚くほど高い跳躍。その動きひとつにしても、舞っているかのように優雅だ。

だからこそ余計に、屏風で豪快に殴《なぐ》りつけられたことが、彼の自尊心をいたく傷つけたのだろう。

「おとなしく隅で震えていればいいものを」

燃える瞳で多佳子を睨《にら》みつけると、夜叉王は突然、大きく胸をそらした。

その手から、直刀が落ちる。黒髪がざわざわと蠢《うごめ》く。

青い短袍《たんぽう》の下で、筋肉が震えているのが見て取れる。食いしばった歯が、じりじりと伸びて牙に変わっていく。

いきなり服がはじけ、夜叉王の胸があらわになった。

胸筋が、岩のようにごつごつと盛りあがっていた。着痩《きや》せするにしてもほどがあると叫びたいくらいに。

いや、ほんの少し前まで、彼の肢体《したい》は舞人のようにしなやかだった。あれだけの動きをするのだから、もちろん筋肉はついているだろうが、こんな、見る者を圧倒するようなものではなかったはず。このわずかな間に、急激に成長したのだとしか考えられない。

変化はそればかりではなかった。

生えぎわのちょうど中心の皮膚《ひふ》が、ぐいぐいとせりあがってきたのだ。

伸びるに従い、そこだけ普通の肌色から青みがかった灰色へと変わる。見るからに硬さを増していく。

角《つの》だ。

額から一本の角を生やした鬼。

夜叉王《やしゃおう》の名にふさわしい、角と牙を有した、筋骨たくましい鬼神がそこに出現した。

変身し終えると、鬼は牙をむき出して高らかに吼《ほ》え、暁信めがけてこぶしを振りおろしてきた。

あわててよけると、丸太のような腕は空を切り、そのまま壁をぶち破った。壁面の広範囲にひびが走り、木片が飛び散る。

鬼の腕力のすさまじさに、暁信は戦慄《せんりつ》した。あれをまともに受けていたら、骨も肉も木っ端《こっぱ》微塵《みじん》にされていたに違いない。

恐ろしかった。だが、彼は歯をがちがちと震わせながらも、太刀を構えて叫んでいた。

「宮さま、どうかお逃げください！」

多佳子がハッとした顔で暁信を振り返る。

「暁信、危ない！」

間髪《かんはつ》いれずに、夜叉王が暁信の顔面を鷲《わし》づかみにした。

そのまま、床の上に押し倒される。衝撃で太刀は手から離れた。それをふるう間すら、最初から与えてもらえなかった。

太い指の合い間から見上げた夜叉王の顔は、悪鬼そのもの。あの端正な面影《おもかげ》を探すのも難しい。鋭い牙は、唾液《だえき》にまみれてぬらぬらと光っている。

殺される。いや、食われる——そう思った瞬間。

激しい音とともに、蔀戸《しとみど》が外から打ち破られた。あぉぉんと、大型獣の遠吠えじみた声がそこに重なる。

だが、いちばんはっきりと暁信の耳に届いたのは、童女の高い声だった。

「おお、わが背《せ》の君《きみ》！」

蔀戸をぶち破って部屋に乱入してきたのは、獏《ばく》もどきの力丸《りきまる》とヤミーであった。

力丸を早馬のように急《せ》きたててきたのだろう。白梅の細長《ほそなが》もやや着崩れて、その瞳は潤《うる》み、柔らかそうな頬《ほお》は桜色に上気している。

きちんと血肉をまとった美少女なのだ。いまのところは。

ヤミーの登場に、いちばん動揺《どうよう》したのは夜叉王だった。

「ひ、姫君……」

うなるようにつぶやくと、夜叉王はすぐに暁信《あきのぶ》から離れた。

伸びていた角《つの》が収縮し、異様なほどに盛りあがっていた上腕二頭筋《じょうわんにとうきん》も大胸筋《だいきょうきん》も、六つにくっきり割れていた腹直筋《ふくちょくきん》も、その形をもっと控えめなものに変えていく。ただし、破れた服はさすがにもとに戻らない。

たちまち夜叉王は、恐ろしげな鬼神から凜々《りり》しい青年の姿に変わった。

乱れた髪に裂けた服から覗《のぞ》くしなやかな肢体《したい》が、なまめかしくさえある。後宮あたりの、美形に目がない女房《にょうぼう》たちがここにいたら、きゃあきゃあと大騒ぎをしていたに違いない。

けれども、暁信たちの記憶には、筋骨隆々《きんこつりゅうりゅう》としていた鬼神の姿が焼きついてしまっている。いまさら修正は利《き》かない。

「おぞましい、おぞましい、おぞましい！」

力丸の背中から夜叉王を見下ろして、ヤミーは絶叫した。

「そのような筋肉ダルマは見とうもないわ。だから、そなたとの結婚はいやなのじゃ。絶対に、絶対にいやじゃ」

少女らしい潔癖《けっぺき》さを残酷《ざんこく》なまでに前面に出して、夜叉王を頭から否定する。そこまで言っては気の毒ですよと仲裁《ちゅうさい》に入りたくなったが、暁信はぐっとこらえた。

夜叉王はわなわなと震えている。

「夜魅姫《やみひめ》、これは……」

許しを請うように片手をさしのべる。苦悩に満ちた表情で。

「すべてはあなたのために――」

「言い訳など聞きとうはない」

ぴしゃりと言って切り捨てると、ヤミーは力丸の背から飛び降りた。もはや、夜叉王には一瞥《いちべつ》もくれず、暁信にひしと抱きつく。

「背《せ》の君《きみ》、怪我《けが》はなかったか」

この愛らしい外見は偽り。彼女の本当の姿は闇をまとった青白い骸骨《がいこつ》――と、知っていながら。暁信はその両腕の柔らかな感触と、子供らしい重みに陶然《とうぜん》となった。愛されている実感と、死地から逃れられたという安堵《あんど》感とがごちゃ混ぜになり、わけがわからなくなってしまったともいえる。

「怪我は……ありません。大丈夫《だいじょうぶ》です、ヤミー」

抱き返すのはさすがにためらわれたので、相手の背中を軽く二、三度叩いてやった。赤ん坊をあやすように。

それでも満足だったのだろう、ヤミーは暁信の顔を覗《のぞ》きこみ、目尻に涙の粒を残したまま、にこりと微笑《ほほえ》んだ。

これほど愛らしい姫はそういるものではない。鬼をも魅了する、かわいらしさだ。

夜叉王《やしゃおう》がいきなり足音高く走り出した。襲ってくるかと思いきや、外に向かって駆け出していく。

ヤミーに手ひどく拒絶されたうえに恋敵《こいがたき》との抱擁《ほうよう》をみせつけられ、自尊心がぼろぼろになったのであろう。彼の傷心ぶりが後ろ姿ににじみ出ている。あんなに立派な筋肉を隠し持っていながら、心は乙女《おとめ》のように繊細らしい。

多佳子《たかこ》は無言で、力丸はにやにや笑いながら、闇に消える夜叉王を見送る。獏《ばく》もどきの細い目は底意地の悪い喜びに波打っている。

鬼は去った。

だが――夜叉王の消えた先をみつめていた暁信は、新たな異変に気づいた。

外が不自然に明るい。

夜明けはまだ遠い。篝火《かがりび》によるものでもない。

夜叉王と対峙《たいじ》していたときは余裕《よゆう》もなくて気づかなかったが、騒ぐひとびとの声も聞こえてくる。

寝殿のほうからだった。

「あれは――」

多佳子も異変に気づき、暁信のつぶやきに続けて断じた。

「火事だ」

檜皮葺《ひわだぶ》きの屋根から、黒煙がもうもうと夜空にたちのぼっている。

暁信《あきのぶ》は多佳子《たかこ》とともに寝殿へと急いだ。ヤミーと力丸《りきまる》がついてきているかどうかまで、気を配る余裕もない。

斎院御所《さいいんごしょ》から駆り出されてきた衛士《えじ》たちも加わって、家人《けにん》たちが消火にあたっている。だが、火の勢いはおさまる気配もない。

「暁信さま！」

人垣《ひとがき》の中から、実唯《さねただ》が駆け出してきた。頬《ほお》は煤《すす》でよごれ、前髪の一部は焦げてちりついている。

「繁子姫《しげこひめ》はどうした？」

「まだ中です。蘭子《らんこ》どのも。いったんは蘭子どのを連れて外に逃れようとしたのですが、わたしの手を振りはらって中に入ってしまわれて。追おうにも、火の勢いがすごすぎて。と言うか……」

一瞬ためらい、まわりの者に聞こえないよう、実唯は声をひそめた。

「炎を呼んだのは繁子姫です」

「何を馬鹿な」

「わたしの目にはそう見えました。間違いなく、あの姫には物《もの》の怪《け》が憑《つ》いています。彼女が叫んだと同時に……燈台《とうだい》から火柱があがったんですから」

晓信は気を呑《の》まれて立ちすくんだ。その脇を抜けながら、多佳子が言う。

「たとえそうであっても繁子を救わなくては」

袴《はかま》の裾《すそ》を引きながら、斎院は炎に包まれた寝殿の中へと駆けこんでいく。止める間もありはしない。

「宮さま、駄目です」

暁信も急いで多佳子を追う。実唯の制止も聞かずに。

中に入った途端、熱風が暁信を包んだ。

吸いこんだ空気も、喉《のど》を焦がしそうなほど熱い。煙が目にしみて、涙がぽろぽろとこぼれる。

それでも、熱気を掻《か》き分けて暁信は進んだ。

「宮さま、宮さま……!」

邸内を、ところ狭しと炎が躍る。絶えることなく、火の粉がはじける。

火の精霊《しょうりょう》が、ここを遊び場と定めたかのようなにぎわいだ。

多佳子はずいぶんと先を走っていた。煙に邪魔され、一時はその姿を見失いそうになった。

それでも、あきらめずにあとを追う。

その甲斐《かい》あって、多佳子を廂《ひさし》の間《ま》でみつけた。繁子と蘭子もそこにいた。

繁子は一段高い母屋《もや》に、ぼんやりとたたずんでいた。そのそばで、蘭子は腰を抜かしでもしたのか、床にへたりこんでいる。

いちばん上の紅梅色の袿《うちぎ》は繁子の肩からずり落ち、両腕にかろうじて巻きついている。下に重ねた白い袿に、ときおり火焔《かえん》の色があざやかに映りこむ。

長い髪を乱して、彼女は文字どおり、何かに憑《つ》かれたような顔を虚空に向けていた。

本当に物の怪に憑かれているのか——と、暁信はつい、近づくのをためらった。多佳子も同じ気持ちだったのだろうか。立ちすくんだまま、相手の名を抑えた声で呼ぶ。

「繁子……」

繁子はゆらりと上体の向きを変えた。

「近寄らないで」

言葉遣いから察するに、多佳子にではなく暁信に言ったのかもしれない。繁子の目はどこか虚《うつ》ろで、焦点も合っていない。

だが、どうしたことだろう。炎の中にたたずむ繁子は、ぞくぞくするほど美しい。

可憐《かれん》な姫だとは思っていた。まさか、こんな凄《すご》みを秘めているとは思いもしなかった。

「好きでもないひとと結婚させられるくらいなら……」

頭を揺らした拍子に、黒髪がひとすじ、繁子の口もとに流れた。その髪を唇で捕らえて、彼女は言う。抑揚《よくよう》のない声で、

「家なんて燃えてしまえばいい」

うっとりと目が細められる。

「そうすれば、あのひとにまた逢《あ》える」

「お、おまえはまだそんなことを！」

蘭子が金切り声をあげた。

「ああ、いくら仕方がなかったとはいえ、あんな人手の少ない家におまえを預けるのではなかった。わたしの目の届かぬのをいいことに、あんな妻子持ちのろくでもない男を通わせて」

母親の嘆《なげ》きが聞こえたのだろう。繁子は無邪気《むじゃき》ともいえる微笑《ほほえ》みを浮かべた。

「北《きた》の方《かた》との仲はもう冷え切っていると。愛《いと》しいのはわたしだけだと言ってくださいましたわ」

「それが男の手口というものです」

「いいえ、いいえ。あのひとの愛だけは真実――」

笑って言い切る繁子が、暁信の目には夜叉王よりも恐ろしい鬼に見えた。

恐ろしいと同時に美しい。美しいと同時に哀しい。

繁子の背後で、火炎がひときわ激しく躍った。まるで生きているかのように。

実際、それは生きていた。

炎が、ひとつのある明瞭《めいりょう》な形をとる。左右に大きく翼を広げた姿に。

翼の中心が、長い首となって天井につくほど伸びる。くちばしが形作られ、肉厚の鶏冠《けいかん》が頭頂で揺らめく。

鶏《とり》だ。それも見上げるほどに大きな、炎の鶏。

昔——暁信《あきのぶ》はどこかの寺で、地獄の草紙《そうし》というものを見たことがあった。年に一度の虫干しを兼ねて、寺の宝である古い絵巻が公開されるとあって、物見遊山《ものみゆさん》気分で大勢のひとびとが押しかけた。暁信も実唯《さねただ》といっしょにそこに混じっていたのだ。

草紙には、地獄に落ちた罪人が鬼に責められ悶《もだ》え苦しむさまが、恐ろしいほど克明《こくめい》に描かれていた。その中に、火炎を吐いて罪人たちを焼き尽くす巨大な鶏の姿があったのだ。

あれによく似ている。翼を堂々と広げ、地獄の暗闇に紅蓮《ぐれん》の炎を吐き散らしていた、あの凶鳥に。

鶏が繁子を選んでとり憑《つ》いたのか。それとも、繁子の妄執《もうしゅう》が地獄の底から炎の鶏を呼び出したのか。

だが、これだけは間違いない。いままで、この邸《やしき》で頻繁《ひんぱん》に起こっていた出火は、結婚をいやがる繁子が招いたものだったのだ。

一年前の厨《くりや》からの失火で、この邸は一度焼失し、繁子はよそに移り住まざるをえなくなった。人手の少ない仮の家で暮らすうちに、彼女には恋人ができたのだろう。

しかし、新しく建て直した邸に、その恋人は通ってこなかった。

母親の蘭子が目を光らせていたせいか。それとも、男の側にとっては一時の遊びにすぎなかったのか。

そこで繁子は思ったのだろう。火事になれば、また恋人に逢えると。

出火が最近になって頻発《ひんぱつ》したのは、別の男との結婚を強いられ、より追い詰められてしまったからに違いない。

「繁子、繁子。目を醒《さ》ましておくれ」

蘭子は半泣きになりながら、娘に近づこうとする。

「あの男のことはあきらめておくれ……！」

そのとき、炎の鶏が大きく羽ばたいた。

鶏の目が、蘭子を見据《みす》える。繁子も母を見る。肉親をではなく、意に添わぬ行為を強《し》いる敵を見るような、冷たく燃えるまなざしで。

まずい、と暁信は直感した。

「繁子姫、いけません！」

制止の声をあげるとともに、彼は奥歯を噛《か》みしめて走った。

その刹那《せつな》、身体《からだ》が一気に軽くなった。

瞬時に距離を詰め、蘭子をその胸に抱きかかえる。凶鳥が蘭子めがけて炎を吐き散らしたのは、その直後だった。

噴きつけてきた地獄の業火《ごうか》を、暁信は腕ではらいのけた。瞬間、皮膚《ひふ》の上を舐《な》めるように火が這《は》っていったが、熱いともなんとも感じない。

腕に蘭子を抱き、暁信は一足飛びに後退する。その飛距離自体、常人のなせるわざではない。

多佳子《たかこ》が驚嘆《きょうたん》の声をあげた。蘭子は目をつぶって暁信にしがみついているので、何が起こったかすらわかっていない。

繁子はくやしげに歯嚙《はが》みをして暁信を睨《にら》みつけた。地獄の凶鳥も同じように暁信を睨《にら》み、羽毛を膨《ふく》らませて威嚇《いかく》している。

彼らは完全に同調していた。火の鶏《とり》が繁子を操っているのか、それとも繁子の念に鶏が引きずられているのか、当人たちにも判断はつきまい。

蘭子は救い出したものの、次にどうしたらいいのか、暁信は迷った。

早く決めなくてはならないのに。

そういつまでも、すばやくは動けない。五感が研《と》ぎ澄まされているいまのうちに、決着をつけないと。

周囲から火の手もじりじりと迫ってきている。いつ、天井が焼け落ちてきても不思議ではない。状況的にも、急がないと危ない。

蘭子を床に降ろした暁信は、あせる心を抑えつつ、繁子に呼びかけた。

「繁子どの――」

そのとき、暁信を蹴倒《けたお》さんばかりの勢いで、ひとりの男がみなの前に飛びこんできた。

「繁子！」

野太い声の、大柄な中年男だった。こわい黒髭《くろひげ》が口のまわりをぐるりと囲っている。着ている直衣《のうし》も指貫《さしぬき》ももっさりとしていて、どこか垢抜《あかぬ》けていない。熊五郎《くまごろう》とでも呼びたいような風貌《ふうぼう》だ。

しかし、彼の姿を目にした途端、それまで虚《うつ》ろだった繁子の目に、初めて生気が宿った。

「あなた……」

蘭子は熊五郎の顔を見るや、床から勢いよく飛び起きた。

「お、おまえは！」

多佳子が彼を振り返り、厳しい声で叱責《しっせき》する。

「遅い」

「も、申し訳ありません。朝から家を離れておりましたゆえ、文《ふみ》を読みましたのが遅く……」

斎院《さいいん》に急ぎ一礼してから、熊五郎は再び繁子に呼びかけた。

「さあ、こちらへおいで。もう心配しなくてもいいから。思った以上に時間がかかってしまって悪かった。だが、もう大丈夫《だいじょうぶ》。妻とは話がついた……。子供たちをつれて去っていったよ。こんな不実な男とはもういっしょにいられないのだそうだ」

蘭子は荒々しくその場で足踏みした。口角《こうかく》から唾《つば》を飛ばし、指差して熊五郎を糾弾《きゅうだん》する。

「おお、そうよ。おぬしは本当に不実な男よ。よくも、わが娘をたぶらかしおったな。そんなむさ苦しい面相で！」

熊五郎は髭《ひげ》まみれの顔をくしゃくしゃに歪《ゆが》め、いまにも泣きそうな表情になった。

「どうか、お許しください、母《はは》さま……」

「母などと、おぬしに呼ばれたくはないわ」

蘭子《らんこ》とは違い、多佳子の彼に向けるまなざしはおだやかだ。おそらく、事前に繁子から相談を受けて、熊五郎をせっつくための文を送っていたのだろう。

熊五郎はとまどいがちに、恋人に向けて呼びかけた。

「繁子、わたしはこのとおり、優柔不断《ゆうじゅうふだん》で情けない男だ。妻や子供たちばかりでなく、優しいそなたまで苦しめてしまった。こんなわたしに、そなたの結婚の邪魔をする資格などない……。違う相手と結婚したほうが、繁子もより幸せになれると思いもしたのだが……」

繁子は弱々しく首を左右に振った。その瞳に、あふれんばかりの涙が浮かぶ。

「いいえ、わたしは最初から——あなただけを待っておりましたわ」

紅梅匂《こうばいのにおい》の袿《うちぎ》を火の中に脱ぎ捨て、繁子は恋人のもとへ走る。

炎の鶏《とり》が高く鳴いた。繁子の離反《りはん》を咎《とが》めるように。

火の化鳥としてはここまで来た以上、すべてを燃やし尽くしてしまいたいのだろう。両の翼を大きく羽ばたかせ、炎を巻きあげようとする。

悲鳴をあげてよろめいた繁子を、熊五郎がその無骨な腕で抱きとめる。蘭子が抗議の声をあげたが、ふたりは聞いていない。もう二度と離れないと宣言するかのごとく、固く抱き合っている。

暁信は——荒ぶる凶鳥に向かっていこうとした。

彼にとっての特別なときはもう終わっていた。

噴きつけてくる火は熱く、煙は喉《のど》と目を容赦《ようしゃ》なく痛めつける。このままだと、鳥のくちばしに裂かれる前に焼け死にかねないとわかってはいた。

それでも、恋人たちが逃げる時間を稼《かせ》がなくてはと思ったのだ。

「いまのうちに、みんな逃げるんだ」

繁子と熊五郎は、その声に背中を押されたかのように走り出す。そのあとから蘭子が、娘の名を連呼しながら追いすがっていく。

母親として、どうしてもふたりの仲を許す気にはなれないらしい。だが、あの繁子なら負けはすまい。顔は似ていなくても、さすがは親子。我《が》が強いところは共通している。

「宮さまも早く」

そう叫んで、死地に赴《おもむ》こうとする。そんな自殺行為ともいうべき無謀《むぼう》な賭《か》けを押しとどめたのは、ヤミーの声だった。

「みつけたぞ、ささ美《み》！」

白梅の細長《ほそなが》をひらめかせて、ヤミーが降ってわいたかのように現れたのだ。

白銀の削《そ》ぎ髪《がみ》が、周囲の炎に照り映《は》えて金色に輝いている。その瞳は、探し物をようやくみつけ出した喜びをたたえている。

周囲の炎など、まるで気にしていない。地獄の業火《ごうか》に慣れっこになっている彼女には、現世の火など何ほどのこともないのか。

「わらわの小鳥。さあ、戻ってくるのだ」

血肉をまとっている普通の両手を前に伸ばし、ヤミーは炎の鶏《とり》に呼びかけた。

彼女の探し物とはこの鶏のことだったのだと、暁信《あきのぶ》は悟った。

（逃げた鳥を探していたのか……）

鶏のほうはたじろぎ、一、二度、足踏みをする。それを見て、ヤミーはふっと微笑《ほほえ》む。

「怖がらずともよい。逃げたことを咎《とが》めはせぬ。ささ美よ。わらわの愛らしい小鳥よ」

あれは小鳥なんてかわいらしいものじゃありませんから、と暁信は言いたかった。しかし、こらえた。

飼い主が小鳥というのなら小鳥なのだろう。ここで反論すると、話は余計にややこしくなる。ヤミーにまかせるに限る。

その判断は正しかった。

ぶるぶるっと身を震わせて、巨大な鶏がその身を縮めた。たちまち、普通のニワトリとあまり変わらない程度の大きさになる。――それでも、小鳥とは呼ぶまいが。

真っ赤な一羽の鶏は、飼い主にむかってまっすぐに走っていった。

「おお、わかってくれたか！」

ヤミーは嬉《うれ》しそうな声をあげ、ささ美と名づけた鶏の頭をなでた。ニワトリにあるまじき名だが、ささ美自身は抵抗を感じていないらしく、甲高《かんだか》い声で飼い主に応えている。

だが、火災の大もとが平静をとり戻しても、ここまで燃え広がってしまった火勢は、いまさらおさまりはしなかった。

頭上から、ぴしりと大きな音が降ってくる。振り仰《あお》ぐと、天井に深い亀裂《きれつ》が生じていた。いまにも崩《くず》れ落ちそうなありさまだ。

呆然《ぼうぜん》としている暁信の肩を、多佳子がぐいとつかんだ。

「そなたこそ急げ」

暁信は再びヤミーを振り返った。が、炎と煙に邪魔をされて、すぐその先すらもよく見えない。

銀髪の少女も。炎の鶏も。

それとも、彼らならこの炎の中でも大丈夫《だいじょうぶ》なのか？

「さあ、早く。ともに逃げるぞ」

多佳子が前よりも切迫した口調で命じる。煙も熱波も迫ってきている。このままだと本当に命が危ない。

ようやく見切りをつけ、暁信は走り出した。多佳子とともに。

しっかりと手を繋《つな》いで。


火炎に包まれた寝殿を家人《けにん》たちが取り囲み、必死の消火活動を続けていた。

からくも炎の中から脱した暁信《あきのぶ》と多佳子《たかこ》は、外で待ち構えていた実唯《さねただ》と合流して庭の片隅に避難し、その様子を遠くからみつめていた。

いまさらのように、喉《のど》が痛い。地に手をついて咳《せ》きこんでいると、誰かがそっと背中をさすってくれた。暁信はてっきり実唯だと思っていた。

「もう大丈夫だから。ありが……」

ひと心地ついたところで顔を上げる。感謝の言葉は中途で呑《の》みこまれてしまった。

背中をさすっていてくれたのは多佳子だったのだ。実唯は遠慮《えんりょ》するように、少し離れてふたりを見守っている。

「も、もったいなく……」

暁信が恐縮すると、多佳子は慈愛《じあい》に満ちた笑みを浮かべた。

「よい。気にするな」

多佳子の顔にも煤《すす》がついていた。髪は乱れ、濃色《こきいろ》の単衣《ひとえ》にも袴《はかま》にも、あちこちに焼けこげが生じている。

賀茂《かも》の斎院《さいいん》らしからぬ惨憺《さんたん》たるありさまだが、それでも彼女は美しい。赤く染まる夜空を背景にした姿は、神々《こうごう》しくさえある。

視線を交わし続けているにつれ胸が苦しくなり、暁信は多佳子から寝殿へと目を転じた。

「ヤミーは……」

心配になり、つぶやく。

すると、それに呼応《こおう》して「ここにおるぞ」と声があがった。

振り向けば、白銀の髪の童女がそこにいた。六本足の力丸《りきまる》もいっしょだ。実唯のすぐ後ろで、にやにやと笑っている。不気味な生き物にいつのまにか至近距離に来られ、実唯はひぃと慄《おのの》いている。

多佳子もさすがに身構える。

しかし、ヤミーはいっこうに気にせず、暁信に向けておだやかに微笑《ほほえ》んでいる。白梅の細長《ほそなが》には煤すらついていない。

「案じるな。わらわなら障《さわ》りない。ほら、ささ美もこのとおり、おとなしゅうなったわ」

見ればヤミーの足もとに、赤い鳥が一羽、控えていた。

ハト程度の大きさしかないが、それは確かにニワトリだった。これならば小鳥と呼んでも差し障り――いや、どうだろうか。

赤い小さなニワトリは、暁信《あきのぶ》をみつめて、くわっとくちばしをあけた。火のような真っ赤な舌が威嚇《いかく》する。黄色い目はらんらんと輝いている。

大きさはともあれ、地獄の凶鳥であることに変わりはなさそうだ。それに、その気になれば大きさもすぐに変えられるはず。

「よ、ようございましたな……」

暁信はひきつった笑みをヤミーに返しながら、さりげなく周辺を見回した。

火を消すのにいそがしい家人《けにん》たちは、庭の暗い片隅に異形《いぎょう》の獣と異界の姫君がいることに気づいてもいない。距離も離れていて、その会話が誰かに聞かれる可能性もない。

言いかたを変えると――助けを呼ぼうにも、すぐには来てくれないということになる。

「逃げた小鳥はみつかった。それもこれも、そなたのおかげじゃ」

「いえ、わたしは何もしておりませんから……」

「慎《つつし》み深いのぉ。それもまた、そなたの美点のようだが」

くすくすと含み笑いを洩《も》らす。そうしていると、本当にかわいらしい少女なのに……なのに。

「そなたといると本当に飽《あ》きぬ……。優しげな風情《ふぜい》に、いざというとき思いがけず見せる大胆《だいたん》

さ。繊細さと同時に、あの醜《みにく》い筋肉夜叉王《やしゃおう》に立ち向かっていく勇気まで持ち合わせている。それもどうやら、自分以外の誰かの窮地《きゅうち》でないと本領《ほんりょう》が出せぬのだな。なんとかわいいこと」

ヤミーはその小さな両手で、暁信の手をぎゅっと握りしめた。

「そんなそなたと、こうして三日目の夜を迎えられた。つまり、三日夜《みかよ》がめでたく成立したわけよの」

暁信は息を呑《の》んだ。小刻みに、本当に小刻みに頭を左右に振ってみせたが、ヤミーは意に介さない。瞳をきらきらさせて、

「これでわれらは夫婦《めおと》……。さあ、参ろう、背《せ》の君《きみ》。父上にもぜひ逢《あ》ってもらわねば」

行くのはおそらく冥府《めいふ》。逢《あ》わせたい父親とは閻魔大王《えんまだいおう》。

それはもはや、死ねというのと同義だ。

「おお、そうだ。もはや、夫婦となったわれらの間に遠慮《えんりょ》はいらぬ。さあ、本当のわらわをその目に焼きつけておくれ」

そう語る間にも、愛らしい童女から、闇をまとった髑髏《どくろ》の顔へとヤミーは変化《へんげ》していく。暁信の手を包みこんでいる小さな手も、輪郭《りんかく》は黒く沈み、白い骨の形があざやかに浮き出てくる。

恐怖のあまり言葉を失ってしまった暁信に代わり、実唯《さねただ》が悲鳴に似た声をあげた。

「お待ちください。お待ち……ぐぇ」

力丸《りきまる》が、その丸々とした身体《からだ》で実唯を押しつぶしたのだ。見た目どおり、重さもかなりあるのだろう。獣の巨体の下で、実唯は苦しげにもがいている。

赤いニワトリはそ知らぬ顔で、エサを探すかのように地面をつついている。

やはり、想像していたとおりになったか、と暁信は涙目になりつつ思った。

ヤミーは甘い声でささやきかけ、暁信を冥府にいざなう。実唯に助けを求めようにも、どうにもならない。そんな最悪の想像どおりに――

「しばし待て」

ひどく冷静な声が降ってわいた。多佳子《たかこ》だ。

あまりに平然としていたので、ヤミーもなんの警戒もせずに振り返る。

「何かな」

「ひとつ、訊きたい」

髑髏の少女を相手に、まったく臆せず多佳子は尋ねた。

「三日夜をともにすごしたと言ったが……そもそも、三日夜がどういうものか、わかっているのか？」

「もちろん。それは……」

ヤミーは、ぽっと頬骨《ほおぼね》を赤く染めた。本来、骨は染まらないはずなのだが、染まってしまったのだから仕方がない。

「愛し合う男女が……いっしょに時をすごすのじゃ」

「どのようにすごすのか？」

「このように――」

ヤミーはおびえる暁信《あきのぶ》の肩に手を回した。

「抱き合ったりなどするのじゃ！」

暁信は、凍った。

貘《ばく》もどきの下で苦しみもがいていた実唯も凍りつく。

実唯を押しつぶし、にやにや笑っていた力丸までもが、瞬時に笑みを消し、凍結する。

赤いニワトリは長い首をいそがしく左右に振り、ひとびとの顔を覗《のぞ》きこんでいる。

その中で、多佳子だけが顔色ひとつ変えなかった。

「それだけか？」

ヤミーは小首を傾《かし》げた。表情などないはずの髑髏《どくろ》の顔に、きょとんと擬音《ぎおん》をつけたいような気配が生じる。

「……それ以外に何かあるのか？」

多佳子は一拍おき、ふうっとため息をついて天を仰《あお》いだ。しょうがないと、その冷静すぎる美貌《びぼう》がこぼしたように見えた。

「実はのぅ、夜魅姫《やみひめ》……」

しゃがみこみ、ヤミーと視線の高さを同じにすると、おもむろに多佳子は語り始めた。男女が愛し合うというのは、いったいどういうものなのかを。

多佳子は賀茂《かも》の斎院《さいいん》である。巫女姫《みこひめ》である。清浄な阿礼乎止売《あれおとめ》である。男女のあれやこれやに通じているはずがない。ありえない。

しかし、彼女の解説は的確だった。現実的すぎて、きれいごとの入る隙間《すきま》などどこにもない。のちの世の言葉を使うなら、解剖学的《かいぼうがく》ともいえた。つまり、きれいでもなければ、いやらしくもなく、ただただ正確だったのだ。

それでも、語っている当人が斎院だけに、聞いているほうは居たたまれなかった。暁信も、獏《ばく》もどきの下敷きになった実唯も、口をあけて小刻みに震える。この事態に、彼らはなすすべもない。

「――と、いうわけなのだ」

愛の神秘についてひととおり語り終え、多佳子は満足げな表情さえ浮かべた。

「つまりな、そなたと暁信の間には何もなかった。三日夜《みかよ》は成立していない。結婚も当然、不成立というわけだ」

ヤミーは何も答えなかった。

側頭骨も、下顎《かがく》も、歯列《しれつ》も、ぴくりとも動かない。動かない髑髏から何かを読み取ることは非常に難しい。

あまりに静かなので、暁信はひどく不安になった。

「ヤ、ヤミー」

ヤミーは、ゆっくりと暁信を振り返った。

その数瞬後……闇をたたえた眼窩《がんか》から、じわりと涙が湧きあがった。

仰天《ぎょうてん》する暁信に、彼女は突如、平手打ちをくらわせた。パンッと、乾いた音が響き渡る。

「不潔じゃ！」

そう叫ぶや否《いな》や、骨と闇の少女はその場から走り出した。砕《くだ》いた水晶のような涙の粒を散らしながら。ひっくり返ってしまった暁信になど、見向きもしない。

力丸が実唯の上から身を起こし、あわててヤミーのあとを追っていく。ニワトリも、羽をばたつかせて、そのあとに続く。

赤い鶏が、ひと声、甲高《かんだか》い音を放った。その途端、空間が裂け、濃厚な闇が出現した。

その暗黒の裂け目に、ヤミーはまっすぐ走りこむ。力丸も。ささ美も。

彼らを呑《の》みこみ、裂け目はすぐに閉じた。現れたときと同様の唐突《とうとつ》さで、冥府《めいふ》の姫君とその愛玩《あいがん》動物たちは暁信らの視界から消え失せてしまったのだ。

暁信は、打たれた頬《ほお》を押さえて啞然《あぜん》としていた。実唯も、力丸にのしかかられていたときと同じ姿勢のまま、地面に転がっている。

これで、死の世界にひきずりこまれずにすんだわけだが――ふたりとも衝撃からすぐには立ち直れない。

ただひとり、多佳子だけが悠然《ゆうぜん》と檜扇《ひおうぎ》を揺らしている。

「地獄の花婿《はなむこ》になり損《そこ》ねたな、暁信」

そう言って、彼女は明るく華やかな笑い声を夜空へと放った。

邸を覆《おお》う火勢は衰え始めて、空に立ちのぼっていた黒煙の合い間にも星がまたたき出していた。

終章　愛こそすべて

文机《ふづくえ》の上には、美しい薄様《うすよう》の紙と硯箱《すずりばこ》一式が置かれていた。

宵闇《よいやみ》が忍び寄る刻限。燈台《とうだい》の揺らめく火が、硯の中の墨《すみ》に映りこんでいる。その前で、暁信《あきのぶ》はもう長いこと筆を握ったまま、うんうんとうなっていた。

かたわらに控えていた実唯《さねただ》が、待ちくたびれて口を開く。

「まだですか」

「もう少し……」

彼が書こうとしているのは、新たな花嫁候補に宛《あ》てた恋文《こいぶみ》だった。

ヤミーとの三日夜《みかよ》が不成立となったように、繁子《しげこ》との結婚もきれいさっぱり流れてしまった。それに関して未練はない。むしろ、晴れ晴れとした心地がするほどだ。

蘭子《らんこ》はまだ、熊五郎《くまごろう》——もちろん、これが本名ではない——を娘婿《むすめむこ》として認めておらず、母子《ははこ》の間でいろいろと揉《も》めているようだ。

邸《やしき》のほうも、人的被害がほとんど皆無だったのが不思議なほど、広い範囲にわたって焼けてしまった。

しかし、心配はいるまい。

邸のほうはまた建て直せばいい。それだけの財力も、あの家にならある。

家族間の問題にしても、繁子は熊五郎を愛している。熊五郎も繁子を愛している。多佳子《たかこ》もふたりを応援している。

愛に満ちていれば、たいていのことはどうにかなるのだ。きっと。

しかし、いま、暁信の前には愛だけではどうにもならない白紙の世界が広がっていた。

「やっぱり、駄目だ」

降参して筆を投げ出し、暁信はごろんと仰向《あおむ》けに寝転んだ。

「ぼくには歌の才能がないんだよ。だから、実唯、あとは任せた」

「任せないでください！」

憤慨《ふんがい》しつつ、実唯は文机の上に散った墨を丁寧《ていねい》に拭《ふ》き取った。

「わたしだって歌づくりは下手《へた》クソなんですよ。どうせ愚直《ぐちよく》で、誤字脱字だらけのおっちょこちょいで……」

後ろ向き発言を連発させる乳兄弟《ちきようだい》を、暁信は不思議そうに見やった。

「どうした、実唯。誰かに何か言われたのか？」

「いいえっ」

否定はしたものの語調が強すぎる。誰かに歌が下手だと言われたんだな、と暁信は理解した。

「それでも、ちゃんと詠《よ》める分、ぼくよりはましなんだから。頼むよ」

「まったくもう……」

仕方ありませんねとこぼしながら、実唯はあるじに代わって筆を執った。

筆先に墨《すみ》を充分に含ませ、歯が浮くような甘い文言《もんごん》をしたためようとする。そこへ、あわただしい足音が近づいてきた。

「暁信、暁信」

名を連呼しながら、小走りで部屋に入ってきたのは、彼の父親だった。暁信はあわてて身を起こした。

「どうかなさいましたか、父上」

「いやいや、これを見よ。斎院御所《さいいんごしょ》からの使いが持ってまいったのだぞ！」

父が手にしていたのは、一通の文だった。斎院からの文と聞いて、暁信も実唯も驚きをあらわにする。

「早く中を見ておくれ。何が書かれておるのか」

「は、はい、ただいま」

父に急《せ》かされ、文面を読んで暁信はまた驚いた。いわばそれは、斎院御所への招待状だったのだ。

そうと聞いて、父親は喜色満面《きしょくまんめん》、感嘆《かんたん》の声をあげた。

「これはすごいことだぞ、暁信。いつのまに賀茂《かも》の斎院と繋《つな》がりを持っておったのか」

「まあ、その……。花嫁探しをしているうちに、いつしか自然と……」

としか言いようがない。

多佳子のあの破天荒《はてんこう》ぶりは、教えたところで本気にはされまい。

尋ねはしたものの、父親は息子の曖昧《あいまい》な説明など、ろくに聞いてはいなかった。まるで、彼自身が招待状をもらったかのように、浮き立った表情でそわそわと身体《からだ》を揺らしている。

「斎院御所といえば、あまたの教養人が通う社交場。そこに出入りするようになれば、当然、わが息子の評判も上がろう。上《うえ》つかたに引き立てられるかもしれん。さらには良縁にめぐりあう機会も増すとも。でかした。でかしたぞ、暁信！」

父は息子の肩をつかんで、ゆさゆさと揺さぶる。暁信のほうは何も言えず、されるがままになっている。

「おお、妻にもこのことを報告してやらねば。暁信、この文をおまえの母上に見せてもよいな？　よいな？」

いやとは言えなかった。力なくうなずくと、父親は文を大事そうにかかえて部屋を出ていった。

残された暁信《あきのぶ》は、のろのろと乳兄弟《ちきょうだい》を振り返った。

「……どう思う、実唯《さねただ》」

「よろしいのではないですか？　斎院御所《さいいんごしょ》といえば、大殿《おおとの》さまがおっしゃいましたとおり、名だたる歌人たちが集う社交場……。才能にも美貌《びぼう》にも恵まれたかたがたとお知り合いになる絶好の機会ですよ。その中に、きっと暁信さまにふさわしい結婚相手が――」

言い聞かせる実唯の声にも、どこか酔《よ》い痴《し》れた感があった。父親に続いて、乳兄弟までもが勝手に暁信の将来の夢を膨《ふく》らませているらしい。

他人事《ひとごと》だと思って、と暁信は少しばかり腹が立った。

正直なところ、いましばらくは結婚に積極的になれそうにない。

冥府《めいふ》の姫君に求愛されたり、その婚約者《いいなずけ》に殺されかけたりと、寿命《じゅみょう》が縮まりそうな出来事がたて続けに起こって、心底くたびれていたのだ。可憐《かれん》な繁子姫《しげこひめ》に熊五郎のような恋人がいたことも、地味に衝撃だった。

それに――秘かに気になっていた女性は実は賀茂の斎院、絶対に手の届かない巫女姫《みこひめ》だったと知らされたのも、いまだ胸にこたえている。

（なのに、斎院御所から文が届くなんて……）

多佳子が何を思って招待状をよこしたのかは知らない。おそらく、こたびの一件に関してねぎらってくれるつもりなのだろう。

期待などしてはいけない。斎院御所に出入りできるようになっても、斎院本人とはこれ以上、進展のしようはないのだ……。

ため息が、暁信の口をついて出る。烏帽子《えぼし》からはみ出した前髪をぐしゃりとつかんで頭を振っていると、突然、蔀戸《しとみど》が外から押しあげられた。

あいた窓から、奇怪な顔がぐいと差しこまれる。

小さな耳、垂れた鼻、三日月《みかづき》を伏せたような目——貘《ばく》もどきの力丸《りきまる》だ。

暁信と実唯はすくみあがり、思わず互いに手を取り合った。

「り、力丸……！」

声を重ねて、貘もどきの名をつぶやく。

仰天《ぎょうてん》するふたりににやりと笑いかけ、力丸はぽとりと一本の小枝を室内に落とした。白梅の枝だ。そこには、文が一通、結びつけられている。

それを届けるのが、彼の役目だったのだろう。にやにや笑いを貼りつかせたまま、力丸は顔をひっこめる。蔀戸が自然に降りて、簀子《すのこ》をみしりみしりと歩き去っていく足音だけが聞こえる。——六本分の。

その足音が完全に聞こえなくなってから、実唯がおそるおそる手を伸ばし、白梅を拾いあげた。文をはずして、枝のほうは文机《ふづくえ》の上に置く。

「これは、文……ですよね」

言わずもがなのことをわざわざ口にする。結び文をみつめる彼の瞳孔《どうこう》は、恐怖のためか無駄に開いている。

「……夜魅姫《やみひめ》さまから、ですよね……」

暁信は現実を拒否するように頭を左右に振った。そんな彼の手の中に、実唯は強引に文を押しつける。

「どうぞ、お読みくださいませ……」

「い、いや、それは……」

「こ、このままにしておいても、事態は好転いたしません。毒を食らわば皿まで一気にどうぞ、どうぞ——」

乳兄弟《ちきょうだい》から思い詰めたような目でみつめられ、暁信は覚悟を決めて文を開いた。いまだかつて、女性からの文を読むのに、これほどの悲壮《ひそう》感をいだいたことがあっただろうか。

いや、ない。

斎院御所《さいいんごしょ》から招待状が届いたばかりだというのに、さらに衝撃度の激しい文が舞いこむとは、今宵《こよい》はいったいどんな厄日《やくび》か。

暁信は目を凝《こ》らし、懸命《けんめい》に文を読もうとした。だが、できなかった。

字が読みにくいとかそういう理由ではなく、あくまでも彼側の事情で目が滑ってしまうのだ。

「駄目だ、読めない。目が滑るんだよ。おまえが読んでくれ、実唯」

いやがる実唯の手に、無理矢理、文を押し返す。

「何をおっしゃいます。これは、暁信さま宛《あ》ての文なんですよ」

「だから、読んで内容を教えてくれればいいから」

「いえ、ここは受取人である暁信さまが」

「いや、ここは恋文の達人である実唯が」

呪いの物品を、ふたりで押しつけ合っているかのようだ。

しかし、そこは主従。やがて、観念した実唯が文を受け取り、紙面をみつめた。

「わたしの目も滑ります……」

「だろう？　だろう？」

そうやって逃げてばかりもいられない。実唯は眉間《みけん》に深く皺《しわ》を刻み、目を凝らした。

「ええっと、要約するとですね……、『心はまだ千々《ちぢ》に乱れているけれども……』」

突如、実唯は真っ青な顔を紙面から上げた。口をぱくぱくと開き、抑揚《よくよう》のない口調で続ける。

「『……背《せ》の君《きみ》が望むなら、わたしは何をされてもいい』、と……」

時間が、一瞬だけ凍った。

その一瞬のあと——暁信はこめかみを両手で押さえ、うわあぁぁぁと、ひどくかすれた悲鳴を放った。

小さな悲鳴だ。別室にいる父母の耳には届くまい。だが、それは魂《たましい》の奥底から放たれた叫びだった。

そのまま後ろに倒れこみ、暁信は両足をばたつかせる。地獄の猛毒でも食らったかのように。

「落ち着いて。落ち着いてください、暁信さま」

のたうつあるじにとりすがる実唯の声も、すっかりうわずっている。

もはや解決したと思っていた難問が、再び彼らの前に提示されたのだ。どうしていいかわからず、あわてふためくのも、仕方あるまい。

「あ、暁信さまぁ……!」

激しく動揺《どうよう》する彼らとはまったく無関係に、文机《ふづくえ》の上に置かれた白梅は雅《みやび》な香りを漂わせていた。

あとがき

パソコンに『女房《にょうぼう》』と打ちこんだつもりが、濁点《だくてん》を付けそびれていたらしく、変換した途端に『尿法』と画面表示されました。

あんまりです。

そんな瀬川貴次《せがわたかつぐ》です。

さて、新しく興《おこ》してみました平安ネタでございます。年内に刊行できて、よかったよかった。

こういう世の中ですから明るく楽しく、どなたが読んでも面白いと思っていただけるような話をめざしてみたつもりですが、どうでしたでしょうか。いちおう、一冊でまとまっておりますので、どうぞお気軽に手に取ってくださいませ。

いちばん手こずったのはタイトルかもしれない……。

平安っぽい用語とか、ホラーっぽい形容詞とか、ラブっぽい単語とか、思いつく限り並べて、それの組み合わせでいろいろやってみたのに、なかなか決まらず。

「いっそもう、サブタイトルを三つくらい並べちゃいませんか？　まだ誰もやってないような気がするし、めだつと思いますよ。『闇はあやなし／冥界《めいかい》の姫君／結婚初夜に百鬼夜行《ひゃっきやぎょう》を見た！』みたいな」

と、かなり本気で担当さんに提案してみたのですが、即座に却下《きゃっか》を食らいました。あら残念。

まあ、そんな紆余曲折《うよきょくせつ》のすえに編集長の肝煎《きもい》りでサブタイトルがこうなったわけであります。その節は、本当にありがとうございました。

これから発売になる雑誌Ｃｏｂａｌｔ三月号に、こちらの平安ネタの短編が載る予定ですので、そちらもどうぞあわせてお楽しみください。

平安ネタ、平安ネタと連呼するのも何か身も蓋《ふた》もない気がするので、シリーズ名とかつけたほうがいいのかもしれませんが――

『闇はあやなし』だと、自分の既存シリーズの『闇に歌えば』とかなりかぶるし。「あやなし」は古歌からとったフレーズではあるものの、どちらかというとネガティブな単語なので、通して用いるのには抵抗があるし。

となると……『地獄嫁』シリーズ？

そ、それもなんだかすごくないかな？

まあ、いいや。こういうのは、ほっときゃそのうち自然とできあがってくるでしょう。

とても愛らしくて繊細《せんさい》なタッチの三日月《みかづき》かけるさんに挿絵《さしえ》をお願いしているのに――なんだか、こんなで申し訳ないですが……。いろいろと、ありがとうございます。

とりあえず、同じ平安でも『暗夜鬼譚《あんやきたん》』とダブらせる予定はいまのところないし、史実とあえてからめるつもりもありません。まあ、先になると変化するかもしれませんが、そもそも先があるのかどうかも未定ですし、予測不能の未来について言及するのは不毛なのでやめておきましょうか。

けれども、あんまり言わないのもどうよという向きもありましょう。難しいなぁ。

いまのところ、基本三ヶ月ごとのペースでなんらかの本は出していけそうなので、そのつど、そのつど、精いっぱい励《はげ》む所存でおります。その合い間に雑誌のお仕事のほうもやれそうな気配ですので、そちらもどうぞよろしくお願いいたします。

で、仕事以外の近況話《きんきようばなし》としては……。

ゲームとして、出たら必ず買うといったシリーズものは、もうバイオハザードと女神転生関連以外なくなってしまって。ゲーム脳すら死んでいると、先輩に陰口を叩かれておりましてよ。

そんなわたしですが、最近出ました女神転生シリーズの『デビルサマナー　葛葉《くずのは》ライドウ対アバドン王』は購入いたしました。ダークな世界観に酔いしれつつ、楽しくプレイさせてもらっております。作品をつくるという点においても、非常に勉強になります。

登場する悪魔たちの中では、ガシャドクロが好きです。大好きです。骨が特に好きだというわけではないのですが、動きといい、しゃべり口調といい、とにかくたまりません。

ええっと、あとは、巾着《きんちゃく》の神さまにとり憑《つ》かれてしまって、死蔵している端切《はぎ》れ布を用い、せっせと巾着袋をつくっていることぐらいかなぁ……。

ついついね、ためこんでしまうんですよ、端切れを。

クリスマス用の雪だるま柄《がら》の布なんて、もう四年近く寝かしてありますよ。柄が気に入ると、色違いで何種類も買ったりしましたよ。

素敵な布小物をいっぱいつくろうと、夢を膨《ふく》らませていたんです。しかし、買うスピードのほうがつくるスピードを遥かに凌駕《りょうが》し、布が増えていく増えていく。

これではイカン、なんとか形にするべしと一念発起《いちねんほっき》して巾着をつくりだしたら、どういうわけか心に火がついてしまいましてね。

長方形の布をまっすぐ縫《ぬ》うだけで形になる。

表布と裏布とで、二倍の布が一気に消化できる。

実用品である。

ギュッとしぼると形が変わって、意外性がある。

しぼったり、広げたり、中を覗《のぞ》きこんだりしていると、クラインの壺《つぼ》とかいう単語が頭に浮かんできて宇宙を感じる。ＳＦ的な気分にひたれる。

そんな自分なりの利点が数々ありまして、書くことにくたびれたときとか、プロットを頭の中で練ったりする時間などを利用して、ガンガンつくっていたわけですよ。そうしたら、「ああ、この表布だったら、裏はもっとくすんだ色目のほうが……。合うのがないな。買わなくちゃ。うふっ」

「和柄の巾着、リクエストされちゃった。手持ちの和布は地味なのばかりでつまんないんだよなぁ……。買わなくちゃ。うふっ」

てなわけで……減らないよ、減らないよ！　逆に布が増えていくよ！

木綿《もめん》が多いから、煮込んだら、これ、食えないかな……。

そんなことまで考えてしまいます。なんてうるおいに乏《とぼ》しい近況なんでしょう。しくしく。

まあ、そんなこんなではありますが、新たな年もお仕事がんばりますので、応援よろしくお願いいたします。

それではまた。みなさまもよいお年を。

平成二十年十一月

瀬川　貴次

※この作品はフィクションです。実在の人物・団体・事件などにはいっさい関係ありません。

この作品のご感想をお寄せください。

瀬川貴次先生へのお手紙のあて先

〒101―8050　東京都千代田区一ツ橋2―5―10
集英社コバルト編集部　気付
瀬川貴次先生

せがわ・たかつぐ

1964年7月25日生まれ。獅子座、B型。ノベル大賞の最終候補に残ったのがきっかけで、スーパーファンタジー文庫よりデビュー。現在、コバルト文庫で活躍中。著書に、『闇に歌えば』シリーズ、『暗夜鬼譚』シリーズ、『聖霊狩り』シリーズ、『旋風天戯』シリーズなどがある。
ゲームセンターで試した占いによると、前世はヒマラヤ高地に棲息する穴ウサギ。しかし、ウサギ肉が好物で、ペットコーナーで愛らしい彼らを眺めていると、よだれが止まらない。

闇はあやなし

～地獄の花嫁がやってきた～

COBALT-SERIES

2009年1月10日　第1刷発行
2009年7月7日　第3刷発行

★定価はカバーに表示してあります

著　者　瀬　川　貴　次
発行者　太　田　富　雄
発行所　株式会社　集　英　社

〒101－8050
東京都千代田区一ツ橋2－5－10
電話　東京　(3230) 6268（編集部）
(3230) 6393（販売部）
(3230) 6080（読者係）

印刷所　株式会社美松堂
中央精版印刷株式会社

ISBN978-4-08-601249-2 C0193